夜叉の鬼神と身籠り政略結婚二

～奪われた鬼の子～

沖田弥子

スターツ出版株式会社

目次

夜叉の鬼神と身籠り政略結婚二

～奪われた鬼の子～

序章　夜叉の花嫁の産後

深夜のキッチンに立ち、コップから水を飲んだ私はひと息ついた。

「ふう……」

窓の外は深い闇《やみ》の色に包まれている。

夜の寒さに体を震わせたとき。

ふわりと私の肩に、柔らかなカーディガンがかけられた。

「寒いだろう、あかり。早くベッドに戻るんだ」

旦那さまの甘く深みのある声が鼓膜に吹き込まれる。しかも彼はカーディガンごと私の体を背後から抱きすくめた。

そんなふうにされたら、どきんと胸が弾んでしまう。動揺して、手にしていたコップの水面が揺れた。

「しゅ、柊夜《しゅうや》さん！　そっと授乳していたつもりだったんですけど、もしかして起こしました？」

「赤子の泣き声がした時点で目は覚めている。あかりが起きられないときは、俺の出番だからな」

無事に柊夜さんとの子どもを出産した私は産後を迎えていた。

私たちの赤ちゃんは、すくすくと順調に成長している。

おっぱいをあげるために深夜も起きなくてはならないので、常に寝不足になってしまうけれど、赤ちゃんの無垢《むく》な寝顔を見ると、ほっとして癒《い》やされる。私が起きられないときなどは柊夜さんが代わりにミルクをあげて寝かしつけてくれるから、とても助かっていた。

「俺にも水をくれ」

「あ、はい」

別のコップを取ろうと手を伸ばすが、柊夜さんはそれを阻むかのように、私の体をいっそうきつく抱きしめた。

強靱《きょうじん》な腕に搦《から》め捕《と》られ、身動きがとれない。背には厚い胸板が密着している。

「……腕が動かせませんけど？」

「俺の欲しい水はこちらだ」

もしかして、私の手にしているコップでよかったという意味だったのか。

けれど柊夜さんは大きなてのひらで私の手からコップをさらうと、それをキッチン台に置いた。そうしてから、ついと頤《おとがい》をすくい上げる。

雄々しい唇が重ね合わされ、濡れた私の唇が、ちゅう……と吸い上げられた。

「んっ……、ちょっと、柊夜さんったら」

「最高にうまい水だ」

自らの唇を舐《な》め上げる仕草は妖艶《ようえん》さをにじませている。彼の端麗《たんれい》な容貌を、夜の香りが際立たせていた。

再び精悍《せいかん》な顔を寄せてくる柊夜さんはたっぷりと唇を貪《むさぼ》りながら、大きなてのひらで私の乳房を包み込んだ。

「乳は張っていないな」

「さっき、おっぱいをあげたばかりですからね。というか、ここでキスしたり、さわったりするのはやめてもらえます？」

ささやかな抵抗を試みて、胸を包んでいる硬い手を退《ど》かそうと指を絡める。

すると、怪訝《けげん》そうに双眸《そうぼう》が細められた。

「俺はきみの夫だ。夫婦とはいつでもキスしたり、体に触れられる仲なのだ。なにか異論はあるか？」

「異論はありませんけど……」

「ここでは寒いからな。ベッドに戻って続きを行おうか。さあ、来たまえ」

来たまえと言いながら、柊夜さんは搦め捕ったままの私の体を軽々と横抱きにして寝室へ連れ去った。

「もう。しょうがない旦那さまなんだから」

「知ってるだろ」

微笑《ほほえ》み合いながら、私たちはまた口づけを交わした。

強引だけれど愛情深い柊夜さんと結婚できて、幸せだ。新たな家族も生まれて、私は満ち足りた結婚生活を送っている。

ただひとつ、私たちの家庭には重大な秘密があった。

――私の旦那さまは、夜叉《やしゃ》の鬼神なのである。

第一章　夜叉の一家と羅刹の求婚

家族が集まるリビングでは、ちょっとした祝い事を行っていた。

小さな胴を支えていた私——鬼山《おにやま》あかりは、ゆっくりとその手を離す。

すると風呂敷を背負った我が子は、足を前へと繰り出した。

まだ一歳なので頭が大きく、がに股《また》の体型だ。ようやく先日、立ち上がって歩けるようになったばかり。

リビングの前方でカメラをかまえていた柊夜さんは、軽快にシャッターを切った。

「いいぞ、悠《ゆう》！　そのままパパのところに来るんだ」

「ばぶぅ」

生まれた私たちの子は男の子で、悠と名づけた。

悠は父親である柊夜さんのもとへ、覚束《おぼつか》ない足取りながらも満面の笑みで向かった。

けれど背負った餅《もち》が重いためバランスを崩し、こてんとお尻をついてしまう。

「あっ……悠」

とっさに抱っこしようと手を伸ばしかけた私を、柊夜さんは制した。

「あかり、手を出すな。悠は自分で立ち上がろうとしている」

はっとして悠の顔を覗《のぞ》くと、泣いていない。小さな両手を床につき、再び歩こうとしてお尻を上げていた。

一歳の誕生日を祝うため、一升分のお米を使用した餅を子どもに背負わせる風習を、

〝一升餅〟と呼ぶ。そこには〝一生、食べるものに困らないように〟という願いが込められているのだそう。

一升は重量にすると二キロほどもあり、よちよち歩きの幼児が背負って歩くのはかなり難しい。なかには背負わせただけで泣きだしてしまう子もいるとか。

けれど親としては、この子が幸せな人生を送れますようにと願わずにはいられないから一升餅を背負わせるのだ。かつておひとりさまだった私は、子どもの親になってその気持ちが痛いほどよくわかった。

やがて体勢を立て直した悠は、のしのしと力強く歩み、柊夜さんの膝《ひざ》にタッチした。感激した柊夜さんはカメラを放り出さんばかりの勢いで、悠の体をきつく抱きしめる。

「悠、すごいぞ！　よく頑張ったな」

おそらく最後に撮影した写真はブレているだろう。小さな幸せを感じた私は頰《ほお》を緩ませた。

意外にも子どもが大好きな柊夜さんは、悠に頰ずりしている。ふかふかのほっぺたに頰を押しつけられた悠は、「あうぅ」と喃語《なんご》を発した。

かつての冷徹無慈悲な鬼上司がこんなにも子煩悩《こぼんのう》になるなんて、どうして予想できただろうか。

柊夜さんは私が勤めている会社の上司で、私は冷徹な彼のことを密かに鬼上司と称し、苦手意識を持っていた。けれど、ふとしたきっかけで一夜を過ごし、子を授かったのだ。

その後、紆余曲折《うよきょくせつ》あったが無事に出産を迎え、柊夜さんと入籍することができた。

孤独だった私は家族を持つことができ、幸せな日々を送っている。

ところが、私の波瀾万丈《はらんばんじょう》な人生はそれだけで終われないのである。

その理由は、彼の正体にある。

慣れた仕草で悠を高い高いした柊夜さんは、朗らかな声をあげる。

「おまえは将来有望だぞ。さすがは夜叉の血を受け継ぐ者だ」

まったく意味がわかっていないであろう悠は楽しそうに、キャッキャと笑った。

夫婦と子どもがいる幸せな家庭。

世界の至るところに存在する一般的な家庭のひとつに見える我が家には、人には言えない秘密がある。

私の旦那さまは、夜叉の鬼神なのだ。

妊娠が発覚したとき、私は柊夜さんからその秘密を打ち明けられた。

それを知ったときから、平凡な人生を送っていた私は信じがたい体験をした。

お腹の子の神気《しんき》の影響であやかしが見えたり、あやかしに襲われたり、さらには鬼神たちの住む神世《かみのよ》まで行って、伝説でしか知らなかった帝釈天《たいしゃくてん》と言い争ったのである。しかも臨月だった。思い返しても自分の剛胆さに震える。

旦那さまの柊夜さんは漆黒《しっこく》の髪と切れ上がった涼しげな眦《まなじり》が印象的な、端麗な美貌の持ち主だ。加えて背が高く、すらりとした体躯《たいく》の美丈夫。紡ぎ出される声音は甘くて深みがある。

そんなすこぶるイケメンの柊夜さんが、なぜ凡庸《ぼんよう》な私を選んで孕《はら》ませたかというと、鬼神という正体が関係していた。

亡くなった柊夜さんの母親は人間なので、正確には彼は鬼神のハーフだけれど、夜叉として神世の鬼神やあやかしたちと深くかかわっている。さらに現世のあやかしを統率して人間を守る鬼衆《きしゅう》協会の会長でもあるので、人間を忌《い》み嫌っている帝釈天と敵対しているのだ。

そういった事情を受け入れてくれそうだとか、鬼の子を無事に産める体力と気力がありそうだとして私が見込まれたのだ。それを柊夜さんの言葉に言い換えると、『好きだったから』になる。

ホントかな～？

疑うのも悪いけれど、誰にも相手にされなかった私をイケメンの柊夜さんが好きになっただなんて、未だに信じられない。

人は降って湧いた幸運をどう扱っていいのかわからず、受け入れられない気持ちになるのだと身をもって知った。

しかも柊夜さんが私を妊娠させたのは確信犯だった。

もしかして彼は後継者を得ることだけが目的なのかと思ったりもしたけれど、妊娠期間中に柊夜さんとともに過ごし、幾多の困難を乗り越えるうち、私たちの間には絆《きずな》が生まれた。

今は育児に追われてゆっくり愛情を確認する時間もないけれど、私は柊夜さんを信頼している。

出産してからの柊夜さんはというと、私へ向けていた過保護さに磨きがかかり、悠のオムツ替えや寝かしつけから、炊事や掃除、洗濯などの家事に至るまでこなしてくれる。

私がやることといえば、おっぱいをあげることくらい。

数時間おきに夜中に起きて授乳するのは大変だったけれど、柊夜さんが寝不足の私を気遣ってサポートしてくれたので、とても助かった。

なんというスペシャルな鬼神パパであろうか。これで会社では仕事に厳しい課長なのだから、すごいギャップである。

だが、困ったことがひとつある。

柊夜さんが過保護すぎるのだ。

なんでもしてくれる完璧な旦那さまは、異常に執着心が強い。

妊娠している頃から私にぴったり張りついてあれこれと世話を焼いてくれたのだけれど、その過保護は子どもに向かうのかと思いきや、子どもと私の分で倍に増えてしまった。

私がお手洗いに行こうとしただけでも、あとを追いかけてきて一緒に狭い個室に入ろうとするのはなぜなのか。あなたは一歳児かな？

過保護にかまうのは、私たち家族を大切に思っているからという台詞《せりふ》は百万回聞かされた。余計な質問をすると彼の長い話が終わらなくなるので注意が必要である。

夫婦といえども毎日一緒にいると、うんざりするのが本音だ。

奥さんが家事育児のすべてを負担して心身ともに疲弊してしまう、ワンオペという情報をテレビから得て心構えをしていたのだが、うちでは適用されなかったようだ。

というか、家庭があればその数だけ悩みは異なるという事実を、私は結婚して実感した。

旦那さまが鬼神という懊悩《おうのう》を抱えている妻は世界に私ひとり……かもしれない。

でも赤ちゃんが泣くたびに意識をそちらに持っていかれるので悩んでいる暇などないし、家族がいることはとても幸せだ。

初めは三千グラムほどだった悠は、みるみる大きくなった。

そして、この子は来週から、人生初の試練に立ち向かうことになるのである。

ソファに腰を下ろした柊夜さんは、抱っこしている悠の顔を覗き込む。その瞳の奥には夜叉の血を引く証である、真紅の焔《ほむら》が見て取れる。

まだなにも知らない悠は、柊夜さんに無邪気な笑顔を見せた。真珠のように輝く乳歯が、上下に二本ずつ生えている。

「来週からは保育園だな。パパやママがいなくなって大泣きするんじゃないか？」

悠に背負わせた風呂敷の結び目をほどいた私は苦笑を浮かべる。

私は育休期間を終えて、職場に復帰することが決まった。そこで悠を保育園に預けることにしたのだ。

十月なので途中入園になるが、役所で手続きをしたところ、たまたま近くの保育園に空きがあった。担当者の話によると、この時期は転勤などで引っ越す人が多いので空きが出やすいのだそう。

もちろん一歳の悠は、保育園に入園してママと離れて過ごすなんてことはわかっておらず、無垢な笑みを見せている。

騙《だま》すようで心苦しいと思っている母親は私だけだろうか……。

お手洗いに行こうとしただけでも慌てて私のあとを追いかけてくるのに、果たして保育園でやっていけるのだろうかと、今から心配になってしまう。

ちなみにお手洗いには悠と一緒に入っている。扉に隔てられただけで今生《こんじょう》の別れかと思うほど号泣するので。

「心配ですけどね。企業内保育所があればよかったんですけど、うちの会社はないですし」

「もしものときは、俺が悠を抱えながら仕事をする。会社にそのことを通しておこう」

さらりと述べる柊夜さんを怪訝に見つめる。

私の脳裏には、冷徹な鬼山課長が抱っこひもで子どもを胸に抱えながら、部下を叱《しっ》咤《た》している光景が広がった。

「それは微笑ましいのかシュールなのか、非常に悩ましいところですね。周囲も対応に困るんじゃないでしょうか」

「なにも問題ない。そうだな、初めからそうすればよいのか。保育園に預けなければ、あやかしに襲われる心配もしなくて済む」

あやかしの話が柊夜さんの口から出たので、私はひやりとした。

鬼神の血を引く赤子を喰《く》らうと、あやかしはこの世界を滅ぼすほどの力を手に入れられるという。そのために、妊娠した私はあやかしに狙われることとなり、柊夜さんとかりそめ夫婦として同居することになったのだった。

けれど、一歳を過ぎれば襲われにくくなるそうなので、十月から保育園に通わせることにしたのだ。

「柊夜さんってば、もう悠は一歳になったんですよ。それにもしものときのために、保育園ではヤシャネコに任せると決めたじゃないですか」

日なたで丸くなっていたヤシャネコは、金色の瞳を生き生きと煌《きら》めかせる。艶《つや》めいた漆黒の毛で、口元と手足のみが靴下を履いているように白い。

猫のあやかしであるヤシャネコは、妊娠中だった私と赤ちゃんを守ってくれた、心強くもちょっぴりお茶目な夜叉のしもべだ。

「夜叉さま、おいらが保育園で悠を見てるにゃ。心配しないで会社に行ってほしいにゃん。そうしたほうがいろんな意味で平和にゃ〜ん」

柊夜さんの性格をよくわかっているヤシャネコのアドバイスは的を射ている。放っておいたら柊夜さんは、保育園に張り込むだとか言い出しそうだもんね。ありがとう、ヤシャネコ。

あやかしのヤシャネコは人間からは姿が見えない。保育園で悠のそばにいても、誰にも気づかれないはずだ。もし危険なあやかしが近づいたら、ヤシャネコが追い払ってくれる。

「そうですよ。悠だっていずれは小学生になるわけですからね。先生やほかの子どもたちと触れ合って世界を広げておくことが大切じゃないですか」

「あかりんの言う通りにゃん。夜叉さまが子離れできにゃいにゃん」

ヤシャネコと目配せを交わし、私たちは柊夜さんを見つめる。

「ふむ……」

顎《あご》に手をやり、柊夜さんは思案している。すると、抱っこしていた悠がヤシャネコに向かって手を伸ばした。

「なーな」

〝にゃんにゃん〟と言いたいのかもしれない。

生まれたときから一緒に暮らしているヤシャネコに悠はとても懐いており、よくふたりでくっついて寝ていた。

柊夜さんの腕を小さな手で退かした悠は、よいしょとばかりに後ろ向きでソファから下りる。ヤシャネコのそばにかがみ、もふもふの毛を小さなてのひらで撫《な》で回した。

そういった行動にも、もうねんねの赤ちゃんではないのだと、かすかな感動を覚える。自分の意志で動き、興味を持ったものに触れたいのだ。

その姿を眺めていた柊夜さんは目を細める。

「悠の世界が広がるのを阻むつもりはない。ただ、まだ小さいからな。心配なんだ」

「わかりますよ。私もです」

気持ちよさそうにゴロゴロと喉を鳴らすヤシャネコに、悠は弾けるような笑顔で触れている。

あやかしのヤシャネコが見えているからには、クオーターの悠は鬼神としての能力が備わっているということになる。妊娠していた頃からすごい神気が漲《みなぎ》っていたそうなので、それも当然かもしれない。

悠はふつうの人間ではない。鬼の子なのだ。

今のところ見た目は人間の子となんら変わりないのだけれど、これから夜叉の血族としての能力が、さらに発揮されるかもしれない。

妊娠中にも、少年に成長した姿の悠が現れて助けてくれたりと、不思議なことがあった。

私は単なる人間なので特別な能力はないし、神気なんてまったく感じられない。悠の神気がお腹に残っているので、あやかしの姿が見えているだけ。

柊夜さんは以前、産後も『数か月は子の神気が胎内に残り続けているから、見えるだろう』と話してくれたけれど、すでに一年経っているので、イレギュラーなのかもしれない。

私自身のことより、もっとも大切なのは、悠の将来がどうなるのかということだ。

思い悩んでもきりがなく、不安に苛《さいな》まれるばかりなのだけれど。

そんなとき、ふと柊夜さんは私の肩に腕を回した。

「では保育園には通わせて、ひとまず様子を見るか。心配事は尽きないが、すべては仮定だからな。いずれ小学生になると言われて、悠の大きくなった姿が目に浮かんだよ」

漆黒の前髪が落ちかかる彼の容貌は、艶めいた美貌を湛《たた》えている。父親となった今は、そこに柔らかな輝きが加えられていた。家では眼鏡をかけていない柊夜さんの瞳は真紅に染まっている。

私は、彼の瞳の色が好きだった。

純粋な宝玉のごとく煌めく真紅は、夜叉の色だ。

密着した柊夜さんの肩に、そっと頭を預ける。

「私……小学生くらいになった悠に、会ったことがあるんですよ。お腹に悠がいたとき、何度も私を助けてくれたんです」

夢の中や神世へ向かう闇の路《みち》で、悠に出会ったことを思い出す。

あのときは生まれてくる赤ちゃんの成長した姿だったとはわからなかったけれど、漆黒の髪や凛々《りり》しい顔立ちは父親である柊夜さんによく似ていた。

目の前にいる悠がいずれは、あの子の姿になるのだと思うと胸が熱くなる。

「そうか……」

低い声でつぶやいた柊夜さんが、肩を抱く手に力を込める。

ふいに、頬に熱い唇が触れた。

唐突なキスに、私は目を見開く。

「えっ……急にどうしたんですか？」

かぁっと頬が朱に染まる。

目の前には悠とヤシャネコがいるというのに。

もっともふたりはじゃれ合うのに夢中で、こちらを見ていないのだけれど。

柊夜さんは精悍な相貌に、爽《さわ》やかな笑みを浮かべた。

「急にでもない。俺はいつでも、きみにキスしたいと思っている」

「も、もう。柊夜さんったら、悠がいるのに恥ずかしいじゃないですか」

「悠にも、両親はいつでもキスするものだと思ってもらおうじゃないか。そのためには、俺たちはお互いに愛し合っているということを見せておかなければならない。そうだろう？」

ロジックで攻めてくる柊夜さんには敵《かな》わない。

こうして強引に押された私は孕まされ、鬼の子を宿すに至ったわけなのだ。

けれど容易に陥落するのはなんだか悔しくて、私は唇を尖《とが》らせる。

するとその唇に、ちゅっと柊夜さんは口づけてきた。

「えっ……なっ……!?」

突然のことに驚いて瞠目《どうもく》する。まさか二回目がやってくるとは予想できなかった。

せめてキスする前はひとこと断ってほしい。心の準備というものがあるので。

だけど柊夜さんが私にキスの許可を得たことなど未だかつてない。

私の夜叉は傲慢《ごうまん》に微笑み、さらりと述べる。

「唇を尖らせているので、キスしてほしいという合図だろう」

「違います……」

「では聞くが、あかりは俺のことを愛しているか？　俺はきみを愛している」

堂々と宣言する旦那さまに、頬を引きつらせる。

私は心から柊夜さんを愛しているし、今後なにがあろうとも一緒にいようと誓っている。けれどそれを臆面もなく明らかにするのは恥ずかしいのだ。

真紅の双眸をひたりと向けてくる柊夜さんは、自らの望む答え以外は存在しないと思っているようである。

その通りだけどね。

もう少し、やんわり迫ってくれると嬉しいかなと思うのは贅沢な望みだろうか。

視線をさまよわせた私は、鼻先を突きつける彼に、どうにか答えた。

「……たぶん」

当然ながら眉を撥《は》ね上げた柊夜さんは、私の返答にご不満のようである。

「なんという曖昧《あいまい》な答えだ。俺の愛は一方的なものだったのか？」

「あのですね、なんでも白黒つければいいわけじゃないと思うんですよね。柊夜さんの愛情を求める表現はもはや強要です」

「ほう……嫌なのか？」

真紅の双眸が剣呑《けんのん》な色を帯びる。

身じろぎしたが、肩は大きなてのひらで包み込まれている。吐息がかかるほど間近に顔を寄せるのは勘弁してほしい。

「えっと、だからもう少し……」

「嫌だからやめてほしいという選択肢は存在しない」

「選択肢が用意されてないじゃないですか！」

「当然だ」

つと彼は、悠に目を向けた。

一升餅を背負うという大役を果たした悠は、さらにヤシャネコと遊んだので、眠そうにあくびをこぼしている。

「悠はそろそろ、お昼寝の時間だな」

柊夜さんはあっさりと、捕らえていた私を解放した。

愛情強要案件は諦めてくれたらしく、ほっと胸を撫で下ろす。

子どもが小さいと育児が大変なので、夫婦でゆっくり会話している暇もないものだ。少し寂しいと感じることもあるけれど、今は助かった。

素早くキッチンへ向かった柊夜さんは、ほ乳瓶にスプーンで粉ミルクを入れている。それから七十度の適温に調整されている調乳ポットからお湯を注ぎ、軽く振る。いつもミルクを作ってくれているので手慣れたものだ。

月齢が九か月になる頃には母乳が出なくなり、悠の睡眠時間は徐々に長くなったので、夜中に頻繁に起きる生活はようやく終わりを迎えていた。現在は離乳食とミルクの併用だけれど、離乳の完了は一歳を過ぎた頃とされているので、そろそろミルクの卒業を考えたい時期である。

でも具体的に、いつにすればいいのかわからないんだよね。

ぬるい牛乳を飲ませてみたいけれど、コップを使うとこぼしてしまうので、まずはコップトレーニングからだろう。そのあとはおむつの卒業も待っているわけだし、人ひとりを育て上げるのは本当に長い道のりだ。

ほ乳瓶を持ってきた柊夜さんは、うとうとしている悠の体を抱き上げた。ソファに腰かけると、片腕で悠の背を支えつつ、ほ乳瓶の乳首を咥《くわ》えさせる。

目を閉じて、ごくごくとミルクを飲み干していく悠は、ほ乳瓶の中身が泡のみになる頃にはすでに眠っていた。

ミルクを飲ませている間に、私はリビングにお昼寝用の布団を敷いた。そこに柊夜さんは、そっと悠の体を横たえる。いつものようにヤシャネコがもふもふの体を寄せて寝そべった。お腹がいっぱいになった悠はヤシャネコの温かい毛に寄り添われ、無垢な寝顔を見せている。

ふたりに薄いブランケットをかけながら、私は微笑を浮かべた。

「ありがとうございます、柊夜さん。いつも悠の面倒を見て、疲れませんか?」

小声で感謝を述べる。

柊夜さんが会社に出勤しているときは私が育児担当だけれど、休日は積極的に子どもに接してくれる。それが嬉しくもあるけれど、旦那さまは仕事も忙しいのに疲れてはいないかと心配になる。

「疲れるということはない。幸せだからな」

「柊夜さん……」

素晴らしい旦那さまと結婚できて、私のほうこそ幸せ者だ。

と、噛《か》みしめられたのはここまでであった。

私に向き直った柊夜さんは、「さて」と前置きする。

「きみは俺のことを愛しているのか。どうなんだ。その返事を明確に聞かせてもらおうか」

諦めてなかったようだ……。

もしかして悠を寝かしつけてくれたのは、私に愛情の追及を行うためだったのだろうか。夫婦の愛情の確認というより、もはや脅迫である。なんという執念。

「しつこいなぁ……」

思わず心の声を漏らしてしまった。

愛されて幸せなのだけれど、この執念深さに毎日付き合わされる身としては、げんなりしてしまう。詰め寄られると逆に言いづらいんですけど。

まったく悪びれずに、柊夜さんは口端を引き上げて悪鬼のような笑みを作る。

「しつこいのは俺の性分だ。なにしろ、夜叉だからな」

「そうですね。家事も育児もこなしてくれる完璧な旦那さまだと思ったのは私の錯覚だった気がします」

「不満があるなら寝室でゆっくり聞こう」

そう言って柊夜さんは軽々と私の体を横抱きにする。

これは『愛している』と言うまで離してもらえない流れであると察知した。

ところが私がなにかを言おうとすると、すべて唇で塞《ふさ》がれるという始末。

私の旦那さまはまったく意地の悪い夜叉なのであった。

育児休暇を終え、職場に復帰する日がやってきた。

どきどきしながら、保育園へ向かう。今日のところは荷物が多いので柊夜さんに車で送ってもらったけれど、明日からは自転車で登園する予定だ。

私たちは最年少クラスである、ちゅうりっぷ組の教室へ向かった。

柊夜さんが『おにやまゆう』と書かれたロッカーに荷物を置いている姿に、なぜかほっこりする。

ロッカーが低いので、高身長の柊夜さんは身をかがめて、着替えが入った袋などを収めていた。ほんの小さなことに、パパだなぁと感じて嬉しくなる。

歩かせようとしたら、なにかを察知したらしい悠は私のスーツの襟をしっかりと握りしめて離さない。あなたはセミか。

「おはようございます、鬼山悠です。先生、よろしくお願いします」

「はーい。よろしくお願いしますね。悠くん、おいで。みんなと楽しく遊ぼう」

さすが先生は保育のプロなので、さっと素早く私の腕から悠を受け取った。

見知らぬ誰かに抱っこされ、ママは向かいにいるという状況に、悠は唖然《あぜん》として目を見開く。

『ぼくを抱っこするのはママなのにこれはどういうこと!?』と、驚いているんだよね。

うん、わかるよ……。

顔をゆがめた悠は、「ふぇ……」と泣いて、私へ懇願の眼差しを送る。

「じゃあね、悠。仕事が終わったら迎えに来るからね」

バイバイと手を振ったのが、いけなかった。

ママと別れると完全に理解した悠は、「ふぎゃあああぁ……」とアクセル全開で泣きわめく。先生は慣れているため、困るどころか笑顔を絶やさない。

「お母さん、行ってくださって大丈夫ですよ～」

「は、はいっ！　それでは……ヤシャネコ、よろしくね」

私は足元にいるヤシャネコに小声で頼んだ。

先生にはあやかしのヤシャネコは見えていないので、もちろん目を向けない。保育室にいるほかの子たちも、ヤシャネコに着目しなかった。

「まかせてにゃん！　悠、寂しくないにゃんよ。おいらがついてるにゃ～ん」

ヤシャネコに話しかけられた悠は、ふとそちらを見た。頬を濡らしながら、ヤシャネコを撫でようと手を伸ばす。

「なーな」

「どうしたの、悠くん？　にゃんにゃんがいるのかな？」

忍び足で保育室を出ようとした私は、ぎくりとした。

『なーな』とは猫を表していることを、先生に気づかれてしまった。

おそるおそる振り向くと、とっさにヤシャネコがおもちゃの箱から猫のぬいぐるみを取り出し、ぽいとフロアマットに放っている。

「あら。にゃんにゃんがころんじゃったね。戻してあげようね」

そう言った先生は猫のぬいぐるみを拾い上げ、悠の手に持たせている。

どうにか、ごまかせたようだ。

私はヤシャネコに向けて親指を立ててみせた。それを目にしたヤシャネコも飛び跳ねて前脚を上げている。

グッジョブだよ、ヤシャネコ！

やれやれ……保育園に預けるのも、ひと苦労である。

玄関でパンプスを履いた私は溜め息をついた。

「ヤシャネコはみんなには見えないんだよ、って悠に教えておかないといけないなぁ。もっとも今は説明してもわからないだろうけど……」

この悩みを先生やほかの保護者に相談できないのがつらいところである。

ひとりごとをつぶやいていると、すでに玄関で待っていた柊夜さんが私の言葉を拾い上げた。

「人は見えないものは信じないものだ。悠が妙な行動を取っても、ヤシャネコがうまくやってくれるからどうにでもなる」

相談できる唯一の人物がいた。

ただし彼は、すべての原因を作り出した鬼神である。頼りになるのか、ちょっと疑問だ。

「柊夜さんが子どもの頃は、どうだったんですか？」

「俺は赤子のときに、おばあさまに預けられたからな。目は赤いし、あやかしとしゃべっているものだから、小学生の頃には周りから奇妙な子どもだと思われていた。だから周囲との交流を断っていた。そうすると、ゆがんだ大人ができあがる。この通りだ」

「よくない例じゃないですか……」

多聞天《たもんてん》である柊夜さんのおばあさまは郊外の屋敷に住んでいる。柊夜さんは幼い頃に両親と離れて、おばあさまに育てられたのだ。

悠には両親がいないという寂しい思いをさせないため、私が育てるとおばあさまに宣言したのだけれど、これから成長して多感な年頃になったときのことを思うと、今からどのように対応すればいいのか悩みどころだ。

「はぁ～。僕の目はどうして赤いの？とか悠に聞かれたら、なんて答えよう……。ママはこの目が大好きだよ、でいいのかなぁ」

会社へ向かうため車に乗り込んで独りごちていると、ハンドルを握った柊夜さんがさらりと返す。

「悠は俺と違って、目の奥だけが赤い。瞳を覗き込まないとわからないくらいだから、日常生活に支障はないだろう」

柊夜さんは外出時は、黒目に見える特殊加工の眼鏡をかけている。裸眼は真紅の瞳なので、初めて見たときは驚いたものだ。

「そういう問題じゃないですよ。ほかの子と違うということに、悠が疎外感を覚えたらどうしようと心配してるんです」

「まさに昔の俺だな。だが、夜叉を継ぐ者という自負でどうにかなるから心配ない」

「それは柊夜さんがそうだっただけで、悠は違う性格かもしれないじゃないですか。というか違う人間なんだから、性格も同じわけないですよね」

「まあ……それを望む」

ぽつりとこぼした柊夜さんは、言葉を切った。

柊夜さんは私からの愛情はしつこく要求するのに、悠の将来については楽観的だ。それとも、あまり真剣に考えていないのだろうか。私にとって、悠が健やかに成長していくことはとても大事な課題なのに。

もっとも、今から頭を悩ませてもどうにもならないかもしれないけれど。

「仕事に復帰したら、心配事がまたひとつ増えるかもしれないぞ」

その言葉に、はっとする。

今日から職場に復帰なのだ。家庭も大切だけれど、それを維持するための仕事も大事だ。また鬼上司のしつこい説明やら容赦《ようしゃ》ないリテイクを食らう日々がやってくる。

「復帰前に何度か会社には顔を出していますから、大丈夫です。柊夜さんもサポートしてくれる……ことは期待せずに、鬼上司の本領が発揮されるのを待ち受けたいと思います」

「まあ、そうだな」

曖昧に濁されたが、柊夜さんの言う〝心配事〟とは、なんだろう。

しばらくは時短勤務にしてもらうものの、周りに迷惑をかけないよう業務に励む心構えをしている。

ややあって車は、大手の広告代理店である『吉報《きっぽう》パートナーズ』に到着した。柊夜さんは企画営業部の課長であり、私はその部下だ。

一応社内恋愛の末に結婚という形になっているが、会社での柊夜さんが私を甘やかすわけなどなく、冷徹な鬼上司であることは承知している。

ふたりでビルの十二階にあるフロアへ赴くと、すでに柊夜さんの体から冷たいオーラが発せられているのを肌で感じた。

こう見えても家では『愛していると言え』と、しつこいんですよね。その秘密は私の胸のうちにしまっておこう。

「おはよう」

「あ……お、おはようございます、鬼山課長……」

柊夜さんが挨拶すると、なぜか女性社員たちはうわの空の返事だった。そわそわしており、落ち着かない様子だ。どうしたのだろう。対して男性社員は普段と変わらない平淡な態度である。

自分のデスクに着いた私は、隣の席の本田《ほんだ》さんに挨拶した。

「おはようございます、本田さん。今日からまたよろしくお願いします」

華やかな美人の本田さんは、私にいろいろと仕事を教えてくれた先輩だ。柊夜さんに告白してフラれたという過去がある彼女だが、さらなるハイスペックな男性を落とすべく精進しているのだそう。

だけどあまりにもクオリティの高いイケメンは正体が鬼神だったりするので、気をつけたほうがいいかもしれない。

エクステの睫毛《まつげ》を瞬《またた》かせた本田さんは、焦ったように手をさまよわせる。

「ちょっと星野《ほしの》さん、大変よ！」

「どうかしましたか？　みなさん、そわそわしてるみたいですけど……」

職場では旧姓で通すことにしているので、結婚前と変わらず星野と呼ばれる。

先週、悠を連れて職場を訪れたときには、みんな温かく迎えてくれた。私が復帰するのは全員が承知しているので、今さら戸惑うようなことでもないはず。

本田さんの説明を聞く前に朝礼の時間となり、私たちは席を立った。

課長の柊夜さんを囲むように社員たちは集まり、新たなプロジェクトの話がされる。だが、やはり女性たちは心ここにあらずといった感じで視線をさまよわせていた。

「――というわけで、新規のプロジェクトを開始するにあたり、本日より復帰した星野さんにも協力してもらいます。みなさんご存じの通り、彼女は私の妻です。今後もお互いを支え合いながら家庭と仕事を両立させていくことを目指していきます。星野さん、ひとこと挨拶をどうぞ」

柊夜さんに紹介され、進み出た私は彼の隣に並ぶ。

ここで挨拶を述べるのは、結婚と妊娠の報告以来だ。久しぶりのせいか緊張してしまう。

「おかげさまで育休から復帰しました。時短勤務になりますが、みなさんにご迷惑をおかけしないよう頑張ります。あ、出産したら別れるだとか言ったことは撤回しますね」

あはは、と笑いが起こる。男性社員の間からのみ。

咳払《せきばら》いをこぼした柊夜さんが、朝礼を締めくくるかと思われたが。

「それでは、もうひとりの方をご紹介しましょう。――神宮寺《じんぐうじ》さん、こちらへ」

その台詞に、女性社員たちはいっせいに色めき立つ。

柊夜さんに呼ばれた男性は長い足を繰り出し、颯爽《さっそう》と姿を現した。

「はじめまして、神宮寺刹那《じんぐうじせつな》です。このたびは新規プロジェクトに参加するため、みなさんと一緒に仕事をさせていただくことになりました。僕は鬼山課長の後輩にあたります。よろしくお願いします」

甘く掠《かす》れた声で述べられた挨拶に、女性たちから歓声があがる。

亜麻《あま》色の髪にヘーゼルの瞳という柔らかな色合いが、眦の切れ上がった精悍な美貌を中和させていた。髪と同色の亜麻色のスーツに包まれた体躯は肩幅が広く、胸回りは強靱そうなのに腰は引きしまっており、足がすらりと長い。

漆黒のスーツに黒髪の柊夜さんと並ぶと、まるで対《つい》のよう。似ているようで、柊夜さんとはどこか違うタイプのイケメンである。

貴公子然とした神宮寺さんが在籍することになったので、女性たちはそわそわしていたのだ。社内随一のイケメンと謳《うた》われた柊夜さんは既婚者になってしまったし、注目を浴びるのはもっともである。

新たな獲物の到来に、彼女たちの期待は熱気となってフロアを包み込んでいた。

さっそく本田さんが優雅に手を挙げて、切り込み隊長らしき発言をした。

「神宮寺さんは独身なんですか？」

待ってましたとばかりに、女性陣は目を輝かせる。

神宮寺さんの見た目から推察される年齢は二十代後半と思われるが、彼は左手の薬指に指輪をしていない。

私と柊夜さんも結婚指輪をしていないけどね。

なにしろ、もらっていないのである。くださいと要求するのもどうかなと思うし、すでに子どもという宝物を授かったわけなので、もういいやと諦めていた。

そんな夫婦もいるので、指輪の有無だけで既婚者かどうかは一概に判断できない。

神宮寺さんは端麗な顔に、にこやかな笑みを浮かべた。本田さんの質問に、慣れているのかさらりと返答する。

「僕は独身です。恋人もいません」

満点の答えが返ってきたため、室内は華やかな歓声に満たされた。

対して男性社員たちは、しらけたように嘆息している。すごい温度差だ。

そのとき、盛り上がる女性たちの隙間からひとりの男性社員が身を乗り出し、歓声を薙《な》ぐように苦言を呈した。

「ちょっといいですか？　神宮寺さんのその髪の色は、社会人として常識から外れていると思うんですけど」

声をあげたのは玉木《たまき》さんだ。

彼も二十代の独身男性なので、神宮寺さんと条件は同じはずなのだが、体格が華奢《きゃしゃ》で猫背のためか女性からの人気はない。趣味はゲームだと聞いたことがある。

玉木さんの指摘にも嫌な顔ひとつせず、神宮寺さんは微笑んだ。

「この髪は染めているわけではなく、地毛なんです。子どもの頃は髪の色がおかしいと言われて、黒に染めていましたけどね。自分らしくていいのかなと、最近は地毛のままにしています」

その発言に既視感を覚えた私は目を瞬かせた。

柊夜さんも子どもの頃、『赤い目がおかしい』と言われたことがショックで友達を作らなかったと話していたことを思い出す。それと似通った話だ。

亜麻色の髪が地毛であると聞いた女性たちは、口々に玉木さんに文句を放つ。

「玉木さん、ひどいんじゃないですか？　髪の色で差別するべきじゃないでしょう」

「そうよ。個性を認めるべきでしょ。まさか黒に染めてこいだなんて言うつもりじゃないでしょうね」

攻撃された玉木さんは猫背をいっそう丸めて、ぼそぼそとつぶやいた。

「ぼくは髪を染めていると思ったので……地毛だとは思いませんでしたから……すみませんでした。でもぉ、イケメンだからってみなさんが肩を持つのはどうなんですか」

最後は消え入りそうな声だったが、余計な付け足しにより、ぎろりと女性たちからにらまれる。気の毒な玉木さんは素早い後ろ歩きで、シャッと後方へ下がった。

「髪のことはよく言われますが、僕は気にしませんので。人とは違うものを持つゆえの悩みなどは、誰にでもあるのではないでしょうか。ねえ、鬼山課長？」

挑発するような神宮寺さんの台詞に、私はどきりとする。まるで、柊夜さんが夜叉の鬼神だと知っているかのように聞こえた。

彼は柊夜さんの後輩だそうだが、いったい何者なのか。

「そうかもしれない。――では、朝礼を終わります。みなさん、業務に入ってください。玉木さん、神宮寺さんに部署のことを教えてあげるように」

さらりとかわした柊夜さんは、神宮寺さんのペアとして玉木さんを指名した。

後方から玉木さんの嘆きの声が響いてくる。

適切な人選かもしれない。女性を指名したら、嫉妬の渦が巻き起きることは必至と思われるからだ。

またしても女性陣からにらまれた玉木さんは可哀想に、泣いていた。

休憩時間になり、ひと息ついた私は自動販売機の隣にある椅子に腰を下ろした。

悠はどうしてるかな……。

我が子の顔が脳裏をよぎったけれど、ガコンと缶コーヒーが落下する音に意識を引き戻される。

「どうぞ、星野さん。コーヒーでよかったかな？」

「ありがとう、神宮寺さん。ごちそうになります」

神宮寺さんから差し出された缶コーヒーを受け取り、礼を述べる。

朝礼では玉木さんとペアになるはずだった神宮寺さんなのだが、どうにもふたりの息が合わず、玉木さんに泣きつかれた私が神宮寺さんに社内の案内と説明をした。

とはいえ彼は同業他社での経験があり、柊夜さんの紹介で入社したそうなので新人というわけではない。呑み込みが早く、気さくな人柄なので話しやすかった。この分なら、午後からは玉木さんとペアに戻れるのではないかと思う。

神宮寺さんとの会話中に伝わってきた『なんで星野ばかりにイケメンが寄ってくるのよ……！』という女性たちの殺気も和らぐことだろう。

私は既婚者なので神宮寺さんと深い仲になりたいなどという気はまったくない。それどころか柊夜さんのおかげでイケメンの真の姿を知ることになったので、もはやイケメンに近づきたくもない。

当然のごとく私の隣に腰かけた神宮寺さんは、缶コーヒーのプルタブを開けて、ひとくち飲んだ。

逞《たくま》しい喉仏が上下するさまに、雄の色気がにじみ出る。てのひらも大きくて、缶コーヒーが小さく見えた。

怜悧《れいり》な眦に、柊夜さんとどこか似たものを感じる。

一抹《いちまつ》の憂慮を覚えた私はそれとなく訊《たず》ねた。

「あの……神宮寺さんは鬼山課長の後輩だそうですけど、付き合いは長いんですか？」

その問いに彼は、にやりと口端を引き上げた。まるで悪鬼である。

私の胸に嫌な予感がよぎった。

「そうだなぁ。僕たちのルーツを辿《たど》ると、ざっと数千年の付き合いってことになる」

「えっ？」

「夜叉の花嫁の前で繕わなくてもいいよね。僕の正体は羅刹《らせつ》。八部鬼衆《はちぶきしゅう》のひとりだ。よろしく」

「ええっ……？」

突然のカミングアウトに驚きを隠せない。

柊夜さんもそうだけれど、さらっと重大なことを打ち明けられてもとっさに呑み込めないので困ってしまう。

私は暗記した鬼神の系統図を思い出した。

帝釈天を頂点として四天王がおり、八部鬼衆はその配下となる。持国天《じこくてん》の眷属《けんぞく》、乾《けん》闥婆《だつば》と毘舎闍《びしゃじゃ》。増長天《ぞうじょうてん》の眷属、鳩槃荼《くばんだ》と薜茘多《へいれいた》。広目天《こうもくてん》の眷属、那伽《なーが》と富單那《ふたんな》。そして多聞天の眷属、夜叉と羅刹だ。

羅刹は夜叉と同じく、多聞天を主とする。つまり仲間と考えられる。

私は周囲を気にしつつ、小声で囁《ささや》いた。

「それじゃあ神宮寺さんは、柊夜さんと同じように現世《うつしよ》で会社勤めをしているけれど実は鬼神で、鬼衆協会の一員だということ？」

「まあね。ただ、夜叉と同じ眷属だからといって、あいつの部下というわけじゃない。どういったスタンスでやっていくかは僕の自由だ。そうだろう？」

「……そうですね」

にじみ出る俺様の気配を察知して、私は頬を引きつらせる。

仕事中は私に対し、職場の同僚としての敬意を保っていた神宮寺さん、もとい羅刹だが、正体を明かした彼はすでに傲慢な鬼神の顔を覗かせている。

「だから、夜叉の花嫁を奪うのも自由ってことだ。そうだろう？」

「そうで……えっ!? 今、なんて言いました？」

相づちを打ちかけ、慌てて聞き返す。

柊夜さんから私を奪い取るという意味に捉えられるのだが、まさかそんなわけはない。

私は特別な美人でもないし、なにより既婚者である。柊夜さんと一夜を過ごして同棲に至る前は、誰とも交際したことがなかったおひとりさまなのだ。

それなのに、羅刹は微笑を浮かべて明瞭に告げた。

「僕の嫁になれよ」

私は目を瞬かせた。

おひとりさまが長かったためか、ストレートに求婚されても現実味がなく、まったく頭に入ってこない。冗談なら早めにそう言ってほしい。

柊夜さんもそうだけれど、イケメンという部類の男性がなぜ私ごときにそんな台詞を吐くのか、しかもなぜいつも唐突なのか、納得できかねた。

「あのう……私は柊夜さんと結婚してますけど」

「それは知ってる。だからこそ、奪いたいと思うものだろう」

楽しそうに語る羅刹を驚愕《きょうがく》を込めて見やる。

なんという奔放《ほんぽう》な鬼神だろう。私が人の妻だからこそ奪いたいと、彼は宣言しているのだ。

目を見開く私に、羅刹は顔を寄せてきた。

「冗談だと思ってるかい？　ほら、僕の瞳の奥に真紅の焔があるだろう？　本気だと光るんだよ。よく見てごらん」

言われて覗き込むと、確かにヘーゼルの瞳の奥底には、真紅の焔がたゆたっていた。

柊夜さんと同じ眷属の鬼神である証だ。悠の瞳も、このような焔が見える。

「あ……ほんと。この焔、すごく綺麗ですよね」

ふと羅刹の吐息がかかったそのとき。

私の体が長い腕に搦め捕られ、ぐいと後方へ倒される。

「ひゃあっ⁉」

ちっ、と羅刹は舌打ちをこぼした。

驚いて見上げると、怒りを張らせた柊夜さんに抱きとめられていた。

「おまえたちはなにをしている」

怒り狂う寸前の大地の鳴動《めいどう》のごとき声音に、ぞくりと背筋が震える。

瞳を覗いて焔を確認していただけなのだけれど、もしかしたら柊夜さんにはキスしているように見えたのかもしれない。

まったく悪びれない羅刹は、不敵な笑みを湛えて亜麻色の髪をかき上げた。

「なにって、キスしようとしていたところだけど、ほかにどう見える？」

私の喉から声にならない引きつった悲鳴が漏れる。

そんなわけはないのに、わざと煽《あお》るようなことを言うなんてどういうつもり？

挑発的な羅刹の投げかけに、柊夜さんの腕の中で目眩《めまい》を起こしてしまう。

柊夜さんは、すうと眼鏡の奥の双眸を細めた。いつもは理知的なその目は、怒りに滾《たぎ》っている。

「ほう。俺の勤める会社に転職させてほしいという羅刹の願いを叶《かな》えたのは、鬼神のよしみだったのだが。どうやらその目的は俺の花嫁を誘惑することだったらしいな」

「その通り。欲しいものは奪うのが、鬼神の性《さが》ってものだろう。僕は夜叉が相手だからといって遠慮はしない。夜叉だって、そのほうが張り合いがあるんじゃないか？」

遅すぎる私の第六感が、ここには危険なイケメンが集まると察知している。

柊夜さんが話していた〝心配事〟とは羅刹を指していたようだ。

ずい、と羅刹は一歩近づき、私の手首を掴《つか》む。

その手を柊夜さんは即座に叩き落とした。

「俺の花嫁にさわるな」

「自分のものみたいに言うなよ。離婚してあかりが僕と結婚すれば、彼女は僕の花嫁になる」

「そんなことは許さない。あかりは未来永劫、俺だけの花嫁だ」

火花を散らすふたりの鬼神に挟まれて、私は当惑するしかない。

ここ、会社なんですけど……。

つい二年ほど前までは、誰にも見向きもされなかったおひとりさまの私を、イケメンふたりが取り合っているとは……。どうしたらそんな未来が予測できただろうか。

というか、私に女としての魅力があるわけではなく、鬼神から見ると美味《おい》しそうな生贄《いけにえ》なのかもしれない。

完璧に美しい孔雀《くじゃく》より、そこらをふらついている名もなき鳥のほうが手軽に食べられて腹を満たせるという論理だ。そうに違いない。

「あの……私のために争わないでください……」

一生に一度たりとも言う機会がないはずの台詞を、私はまたもや口にするはめになったのだった。

閑話　神世の鬼神たち

神世の主である帝釈天は、美しい顔をひどく不機嫌そうにゆがめた。

人間の見た目に照らせば、わずか十歳ほどの華奢な体躯である。

翡翠《ひすい》色の双眸を細め、夜叉の子を宿した人間の女の顔を脳裏に思い浮かべた。

なんの力も持たない、ただの女――。

それにもかかわらず神世の主に盾突いた。あの女のように。

彼女たちを無力な虫けらだと思い込んでいたことが、間違いだったと帝釈天は気づかされる。

彼女らは驚異的な能力を持っているではないか。

それは、子を宿せるという力である。

このままでは次々に鬼神と人間の子孫が誕生し、神世は人間に侵食されてしまうかもしれない。

人間の世界で生まれた彼らが、夜叉側の鬼衆協会につくのは疑いようがないだろう。

そうなれば帝釈天の支配する神世が揺らぐ。

「なにかよい方法はないものかのう」

根絶やしにするのは愚策である。

鬼衆協会を黙認しているのは、現在の危うい均衡をいずれ平定することを考慮してのものだ。人間に与《くみ》したのは間違いであったと、夜叉側についた鬼神たちが改心することを、帝釈天は期待している。

それは同族への恩情ではない。そうあって然るべきだからだ。永劫の時を亘《わた》ってきた神世の主が、配下に裏切られたなどという痕跡《こんせき》を残してはならない。

思案して細い足を組むと、純白の着物の裾がさらりとめくれる。冷徹な支配者は優美さのなかで凶悪な陰謀を巡《めぐ》らせた。

神世には須弥山《しゅみせん》にそびえる善見城《ぜんけん》を中心として、四天王と八部鬼衆の居城がある。

そして、その配下のあやかしたちが数多と住んでいる。

手駒はいくらでもいるのだ。

「夜叉をねじ伏せられる者は誰かおらぬか……」

独りごちたそのとき、ふと、謁見《えっけん》の間に何者かが入ってくる気配を感じた。

無断で神世の主に面会しようなどと、不躾《ぶしつけ》極まりない輩《やから》がやってきたようだ。

「その役は、僕にやらせてくれよ」

圧倒的な神気を放つその男は、楽しげに口端を吊《つ》り上げる。

この男なら、適任かもしれぬ……。

双眸を細めた帝釈天は、不遜な男に命じた。

「よかろう。そなたに任せようではないか」

命を受けた鬼神は、人好きのする相貌に悪辣《あくらつ》な笑みを浮かべた。

「了解。それじゃあ、夜叉を倒したあと、花嫁は僕のものにしていいよね」

「好きにせよ」

目的は花嫁か。他愛もない。

手を振った帝釈天は鬼神を下がらせたあと、思案に耽《ふけ》った。

あかりという名だったか……。

夜叉の花嫁がほかの鬼神のものになろうが、神世の主にとっては些末《さまつ》なことだ。

だが、そうなったとしたら、またあの娘と相まみえる機会が訪れるのかもしれない。

苛立《いらだ》ちしか湧かないが、この遊戯《ゆうぎ》を楽しむべきなのだろう。

そのためには、すべてを把握しておかねばならない。

「マダラ！　ここへ参れ」

呼びかけると、天井の隅にとまっていたしもべが黒い羽をばたつかせてやってきた。

「は、はいぃ……ご用でしょうか、帝釈天さま」

ひれ伏して、怯《おび》えた声をあげるコウモリのマダラは善見城の子飼いである。

「聞いていたであろう。やつを尾行して現世へ赴き、状況を我に報告せよ」

「かしこまりました。……えっと、〝やつ〟というのは、どなたのことですか？」

腕を振り上げて苛烈《かれつ》な稲妻を落とす。

愚鈍に見えるマダラだが、俊敏な動作でそれを避けた。

「愚か者め！　羅刹に決まっておろう！」

「ひぃぃ……わかりました。行ってまいります」

小さな黒い羽が飛び去っていくのを見送り、嘆息をこぼす。

吉報がもたらされるであろうことを胸に抱き、帝釈天は華奢な体を長椅子に横たえる。

神世の主は、しばしの眠りに就いた。

第二章　０か月　夜叉の居城のつがいのあやかし

穏やかな陽射しがレースカーテン越しに降り注いでいる。晴れ間が覗いた日曜日は、心地よい洗濯日和だ。

リビングで午前中の睡眠に勤《いそ》しむ悠の寝顔を見守っていると、ベランダで洗濯物を干している柊夜さんが、パンッと高い音を立ててタオルを伸ばしていた。

あれは相当、怒っている……。

先日、羅刹の略奪愛宣言を受けてからというもの、柊夜さんの機嫌がすこぶる悪い。

私としても、どうしたらよいのかわからない。

結婚して旦那さまがいる私が、さらにほかの男性に言い寄られているのである。

いったいどうしてこんなことになるのだろう。鬼神に孕ませられると、鬼神を引き寄せる女性ホルモンでも出るのかな?

憮然《ぶぜん》として空の洗濯かごを抱えた柊夜さんが室内へ戻ってきた。

この冷えた空気を変えるべく、小さく声をかける。

「柊夜さん、洗濯ありがとう」

「礼を言う必要はない。それとも礼を言う必要が生じたのか？」

きつい嫌みを浴びせ、部屋を横切る彼の背を無言で見送る。

冷酷な夜叉の怒りは頂点を超えているようだ。

まさか私が羅刹を誘惑したとでも思っているのだろうか。

確かに休憩所では顔を近づけたけれど、キスしたわけではない。それに、もとより鬼神の羅刹は柊夜さんの相方とも言うべき存在だ。だからこそ現世でも職場にスカウトしたのではないか。

いつもは事細かに問い詰めてくる柊夜さんがそれについては訊ねてこないので、私から釈明する機会を失っていた。

溜め息をつき、リモコンを手にした私はテレビをつける。

悠が寝ているので、音量は最小限だ。

特に見たい番組があるわけではないけれど、家庭内の無言の空間が気まずいのである。

テレビでは芸能人の結婚披露宴を報道していた。純白のウェディングドレスをまとった女優が報道陣の前で、嬉しそうにふたりのなれそめなどを報告している。彼女の隣に礼装姿で立っている新郎は有名俳優だ。彼も嬉しそうに、はにかんでいた。

それを見ていた私は、ふと空虚な胸のうちに気がついた。

私たちは、結婚式を挙げていない。

妊娠してから同棲を始めて、かりそめ夫婦として過ごし、出産して今に至る。

それまでおひとりさまだった私は、つまり男性と交際した期間がゼロといえた。

いったいどうやって交際し、結婚式を挙げようだとかいう流れになるのかすら知らなかった。

『結婚しようよ』は、どちらから言い出すものなの？　どこで？　夜景の見えるレストランで？

「そういえば、私、プロポーズされたっけ……？」

柊夜さんに妊娠を打ち明けたとき、正体は夜叉という剛速球を投げ返されてしまったので、結婚できることを喜ぶような甘い気持ちには、まったくならなかった。

だからこそ、交際してプロポーズされ、結婚式を挙げて……という正規ルートではなかったというコンプレックスが私の中で根強いのだ。

ぼんやりとテレビを眺めていると、かすかに衣擦《きぬず》れの音をさせた柊夜さんがソファに腰を下ろす。

私と冷戦状態になっているためか、いつもより距離をとっている気がした。

勝手に密着してくるときもあるくせに。

柊夜さんはマグカップを持っているわけでもなく、ただ無言で座っている。

この圧力に慣れているはずなのに、今は息苦しかった。

「今日は、いいお天気ですね」

「……ああ」

「ヤシャネコは散歩ですかね。朝から姿が見えませんけど」

「……ああ」

「結婚式、素敵ですよね。私もしたかったな……なんてね」

「…………」

ついに沈黙で返された。

私の話を聞いているのかなと、唇が尖ってしまう。

柊夜さんの目線はテレビに注がれているが、つまらなそうに眺めているので内容についてはどうでもいいようだ。

というか、芸能人の結婚式なんて興味がないのだろう。彼が求めているのは、浮気に対する私からの謝罪しかない。浮気なんてしてないけど。

溜め息をこらえつつ、仕方なく私から切り出す。

「あの、羅刹とキスなんてしてないですからね。あれは彼が瞳の焔を見てほしいと言って……」

「そんなことは聞いていない」

まだ話している最中なのに、ばっさり切り捨てられて、むっとする。

「じゃあ、どうして柊夜さんは怒っているんですか？」

「怒ってなどいない」

「怒ってるじゃないですか。そもそも羅刹は柊夜さんが会社に呼んだんですよね。上司なんだから、柊夜さんが指導しておくべきじゃないですか」

切れ上がった眦をさらに吊り上げた柊夜さんは、燃え盛るような真紅の双眸でこちらをにらむ。

どう見ても怒っているのに、それを認めようとしない彼に腹が立った。

「やつの名を何度も口にするな。羅刹との仲を疑っているわけではない。やつは俺と同じ鬼神であり、きみは俺の妻だ。それだけだ」

言いたいことがまったく伝わらない。

疑っていないのなら、私への不満を表現しないでほしいものだ。

「柊夜さんは勝手なことばかりするのに、私にはいっさいの自由を認めませんよね」

「なんだそれは。羅刹と恋仲になりたいとでも言いたいのか？」

「そんなこと言ってませんから！　私の意見も聞いてほしいと言ってるんです」

つい、声を荒らげてしまう。

柊夜さんは疑っていないと言いながら、私を信用していないのだ。それならはっきり疑っていると言って私から話を聞き出せばいいのに、こじれるような言動をするから、こちらも苛立ちを募らせてしまう。

眉根を寄せた柊夜さんは、たしなめるように声を低めた。

「大声を出すな。悠が起きるだろう」

これだ。すべて私が悪いというベクトルへ帰結させる話し合いの持っていき方が、より鬱屈《うっくつ》を増幅させるのである。

怒りに肩を震わせた私は、後ろのスペースを振り返って見た。

すやすやと、悠は気持ちよさそうに眠っている。布団に射し込む陽の光が暖かそうだ。

柊夜さんに怒鳴り返したい衝動を、悠のために抑えた。でも耐えきれず、眦から涙がこぼれ落ちてしまう。

目元を押さえた私はソファから立ち上がる。

寝室に駆け込んで扉を閉めると、あふれた雫《しずく》が頬を伝い下りた。

そうすると怒りは萎《しぼ》み、深い落胆が胸に広がった。

ボックスティッシュを一枚引き抜き、崩れるようにベッドに腰を落として涙を拭き取る。

私は、なにに怒ったのだろう……。

本当は柊夜さんと落ち着いて話し合いたいのに、それができない。うまく言えない。

柊夜さんが言わせてくれないからだと、彼のせいにしてしまう。

柊夜さんは仕事のほかに育児や家事もやってくれる、私にはもったいないくらいの働き者の旦那さまだ。私も柊夜さんに優しくしたいと思っているはずなのに、些細《ささい》なことから喧嘩《けんか》に発展してしまうのはなぜだろう。

カチャリ、と扉を開く小さな音がした。ティッシュで目元を覆っていた私の耳に、柊夜さんが扉を閉じて入室するかすかな物音が届く。

「きみは俺と話したくないだろうが、俺は話したい」

「……はい」

「俺の気持ちを明確に話そう。ただし、きみを抱きしめさせてくれ。そうしていないと、まともに話せそうにないから」

「……はい」

どうしたいのかわかりにくいけれど、歩み寄ろうとしてくれている柊夜さんに応えたいから、頷きを返す。

すると柊夜さんはベッドに腰かけている私の横に座り、ぴたりと体を寄せてきた。

長い腕が私の体に回され、包み込まれる。逞しい胸が密着した。

私の髪に頬を寄せた柊夜さんは、深みのある声音を紡いだ。

「はっきり言おう。俺は、嫉妬している。きみをほかの男に取られはしないかと、心配でたまらないんだ」

瞠目した私は顔を上げた。

柊夜さんが、そんなことを考えていたなんて。

きつく私を抱きしめて胸のうちを吐露する彼はまるで幼い子どものようで、愛おしい気持ちが湧き上がる。私は苦笑をこぼした。

「取られるわけないですよ。私なんかと結婚してくれるのは、柊夜さんくらいです」

「その無自覚が怖い。きみは優しくてかわいらしい。それに子どもを愛してくれる。そんなきみを嫁にしたいと、男なら誰でも思うだろう」

「褒めてくれて嬉しいですけど、自分が産んだ子どもですから、愛するのは当たり前ですよ……」

「そうか……。きみと結婚できて、よかった」

しばらく、ふたりで無言のまま抱き合っていた。

柊夜さんの体の重みが愛おしい。安心して、身を預けられる。

「私も、柊夜さんと結婚できて幸せです。あなたは私の大事な旦那さまです」

あれほど苛立っていたのに、彼の体温を感じたら、すんなりと心の奥で思っていることが言葉にできた。

私の髪に触れていた唇が下り、耳朶《みみたぶ》をなぞる。ちょっと、くすぐったい。

「それを聞いて、安心した」

心からの安堵《あんど》の声が漏れる。

彼も不安だったのだ。柊夜さんのこじらせた愛情をうまく受け取れないこともあるけれど、素直になれてよかった。

私の胸が、桜の花弁を浮かべた水面のようにゆるりとほどける。

ふと柊夜さんは甘い呼気を耳元に吹き込む。

「あかりは、結婚式に憧れているのか？」

「それは……ほかの人の結婚式を見たら、いいなぁと思いますよ。私たちは妊娠して籍を入れたから、順序通りにいかなかったことがコンプレックスなんですよね」

「なるほど」

「それに柊夜さんは、私にプロポーズもしていないでしょう？」

「プロポーズはしているな。〝結婚しよう〟と言っただろう」

「それって、妊娠を告白したら、柊夜さんの正体が夜叉だと返されたときですよね」

「その通りだ。それでは不満か？」

柊夜さんの言い方に、むっとした私は唇を尖らせる。

今さらどうしようもないことではあるけれど、心に引っかかっていたから話しただけだ。それなのにまた私が悪いかのような流れに持っていかれる気がして、歯がゆさが湧いてしまう。

こんなふうに不満を覚えるのはいけないと、わかっているのに。

ジレンマに陥っていたとき、リビングから「ふぇぇ……」という泣き声が聞こえてきた。悠が目覚めたようだ。

自然に腰を浮かせた私は、絡められていた柊夜さんの腕をするりと解く。

「悠が起きて……」

そのとき。

ぐい、と肘を掴まれる。突然のことに驚いて振り返った。

「愛している」

低く告げられたその言葉のあと、ふいに唇を塞がれる。

雄々しい唇の弾力と、抱きしめられた腕の力に呆然《ぼうぜん》として甘美なキスを受け入れた。

少し唇が離され、切なげな真紅の双眸が私を捕らえる。

「わ、私も……」

――愛しています。

そうつぶやきかけたとき、悠の泣き声がひときわ大きくなる。

私と柊夜さんは息を合わせるように寝室を出た。

寝起きの悠は憮然とした表情をしていたが、抱っこしてあやすとすぐにけろりとした。

陽射しの降り注ぐ明るいリビングで、満面の笑みを見せた悠は空になったマグカッ

のだ。

ほ乳瓶を卒業するため、コップ飲みのトレーニングをしようと柊夜さんが提案した
「わあ、すごい！　悠、上手に飲めたね」

「ま！」

プを掲げる。


まだ一歳くらいの小さな子が、コップに口をつけてこぼさないように飲むのは難しい。初めは蓋《ふた》があり、ストローのついているトレーニング用のストローマグでリンゴジュースを飲むところから始めた。

初めは啜《すす》るという動作が理解できなかった悠だけれど、こつを掴んだら上手にストローでジュースを飲むことができた。しかも、さっき『ママ』と言いかけた気がする。

こうして子どもは一歩ずつ大きくなっていくのだと思うと、子育てにやりがいを感じる。

悠のためにも、柊夜さんと喧嘩しないようにしようと、改めて心に刻んだ。

それにしても先ほどのキスは本当にびっくりした。あれは仲直りのキスだったのかな……？

口づけを交わすたびに愛しさが降り積もっている気がする。かつては空っぽだった私の体が、満たされていく。

私もまっすぐに『愛している』と、そのうち言えるようになりたい。

「柊夜さんをうかがうと、悠を抱いていた彼は、どこかぼんやりとしていた。

「柊夜さん……どうしたの？」

「ん？　いや、なんでもない」

瞬きをした柊夜さんは、膝に抱っこしている悠のつむじを見下ろした。

私と喧嘩をしたことが気にかかっているのだろうか。もう不機嫌さは消えているのだけれど。

首をかしげつつ、私はジュースのおかわりを補充すべく、ストローマグを持ってキッチンへ向かった。

冷蔵庫からジュースを取り出してコップに注いでいると、ふと気配を感じた。

いつの間にかそばにいたヤシャネコが、こちらを見上げている。散歩から戻ってきたようだ。

「ヤシャネコ、おかえりなさい」

「にゃん？　おいら、ずっと家にいたにゃん」

ヤシャネコは金色の瞳を瞬かせて首をかしげた。

「ずっと？　さっきはいなかったけど……散歩に行ってたんじゃないの？」

「おいら、悠の隣に……にゃ、そういえば、行ったかもしれにゃいね……」

目を逸《そ》らしたヤシャネコは「にゃごにゃご」と口ごもる。

私の見間違いだろうか。もしかするとヤシャネコは私と柊夜さんの言い争いを聞いて、気まずい思いをしたのかもしれない。

ばつが悪くなった私は今後は気をつけようと思いつつ、ストローマグを持ってリビングへ戻った。

するとリビングでは、柊夜さんがリズムをつけて、悠の両腕をバンザイしたり下ろしたりしていた。きゃっきゃっと、悠は楽しげな声をあげている。

そんな小さな幸せに、心をほころばせた。

私が手にしているものを目にした悠は、こちらに手を伸ばす。

「はい、悠。おかわり」

小さな両手でストローマグの取っ手を持った悠は、再びストローに唇をつけた。

赤ちゃんの突き出した唇は三角になる。そのかわいらしさに目元を緩ませていると、ふいに柊夜さんが告げた。

「あかり。今日は午後から、鬼衆協会の会合がある」

一緒に暮らし始めてから二年近くになるので、柊夜さんの副業ともいえる鬼衆協会についても、ある程度把握していた。月に数回ほど、神世の城にメンバーが集合して会合を開くのだ。

もちろん私が参加したことはないし、柊夜さんは協会の仕事について詳しいことを語らない。

妊娠していた頃は、私が人間だから話したくないのだなと思っていた。

私は夜叉の花嫁といえど、ただの人間で、それは今も変わらない。疎外感を覚えることは多々あった。けれど私の意見を押し通すより、柊夜さんの鬼神という立場を考えて、彼の意向を汲んであげるべきという思いに落ち着いた。

夫婦だからといってなにもかもを曝《さら》せと要求するのは、あまりにも思いやりがない。

だから私は、いつもこう言う。

「日曜日のことも多いですもんね。いってらっしゃい」

「きみも来ないか。もちろん、悠も一緒に」

予想もしなかった誘いに、瞠目した。

「えっ……？　私が参加してもいいんですか？」

「もちろんだ。きみは、俺の妻なのだから」

その言葉に感激があふれる。

柊夜さんが、私を認めてくれたような気がして。

もしかして喧嘩のあとだから気を遣ってくれたのかな。実は、一度くらい行ってみたいなと密かに思っていたので、そんな私の気持ちを汲んでくれたのかもしれない。

「嬉しい……ありがとう、柊夜さん」

ところが、ふいに柊夜さんは波紋を投げかけた。

「最初で最後かもしれないからな」

「……え？」

「なんでもない。さあ、支度をしよう」

柊夜さんがつぶやいた謎の台詞に首をかしげる。

〝最初で最後〟というのは、もしかしたら、後継者である悠を参加させるための付き添いとして、私は一度だけという意味なのかもしれない。

でも、それでもいい。柊夜さんが身を置く世界を、私も同じように覗いてみたい。

悠が大きくなったときには父親とふたりで会合に出かけ、私は家で留守番をしていてよいのだから。

そんな未来を思い描くのも楽しくて、心を浮き立たせた。

いそいそと悠のおむつや着替えなどをバッグに詰め込んでいると、ふいに背後から声をかけられる。

「じゃあ、おいらは留守番してるにゃ」

ふと振り向くと、ヤシャネコは私のすぐ後ろにいた。キッチンにいたはずなのに。

「……ヤシャネコ、そこにいたの？」

近頃、ヤシャネコが突如として消えたと思っては現れるということが増えた気がする。あやかしとはいえ猫なので、気配を消すのが得意なのかもしれないが、なんだか違和感があった。

問われたヤシャネコは、ぱちぱちと金色の瞳を瞬かせた。

「うにゃ……あかりん、おいらはここにいるにゃん」

どこかぎこちなく答えるので、その理由に思い当たり、はっとなる。

私がヤシャネコにかまわないので、寂しいのだ。

ヤシャネコがいないと思うのは、それだけ私が注意を払っていないということ。悠が生まれたので子どもにばかり手がかかってしまうけれど、ヤシャネコも私の大切な家族なのだから、放っておいてはいけない。

私はヤシャネコの、もふもふの体をぎゅっと抱きしめる。

「ヤシャネコ、ごめんね。あなたも私の大切な家族だよ」

「かぞく……そうにゃん？　おいらは、あかりんが産んだ子じゃないにゃんよ」

「産んでも、産んでいなくても、一緒に暮らしていたら家族になるの」

「そうにゃんか〜。じゃあ、おいらも〝かぞく〟にゃんね……」

ヤシャネコがつぶやいた、そのとき。

リビングに射し込む陽が、ヤシャネコの耳をさらりと溶かした。

　ぎょっとして、ヤシャネコを抱きしめる手に力を込める。

「あかりん、苦しいにゃん。はなしてにゃ〜ん」

「あ……うん」

　どうやら錯覚だったようで、腕から抜け出したヤシャネコの耳はいつもと変わりなかった。光の悪戯《いたずら》だったみたいだ。ヤシャネコは平然として尻尾を揺らしている。

　不思議に思うが、柊夜さんはなにも言わない。彼は隣で黙々と悠のおむつを替えていた。

　私が外出着のベストを悠に着せる。淡いベージュのボアベストを着た悠は、ごきげんのようだ。白い歯を見せて笑っていた。

「それでは行こうか」

　悠を抱き、肩にバッグをかけた柊夜さんは指先を掲げると、空間に五芒星《ごぼうせい》を描いた。

　すうっと広がった青い光は、暗いトンネルの入り口を作り出す。

　神世と現世をつなぐ、闇の路だ。

　闇の路を通って神世へ行くのは初めてではないけれど、臨月のとき以来になる。

　私の胸は新たな期待に躍った。

　闇の路を通り抜け、私たちは神世へ辿り着いた。

鬼神たちとその眷属が住まう神世は、以前と変わらない様相を見せている。

柳がさらさらと風に揺れる運河沿いには露店が建ち並び、牛や犬の頭をした和装姿のあやかしたちが街路を行き交っていた。漆喰《しっくい》の塀や屋根瓦に彩られた街並みは、江戸時代を彷彿《ほうふつ》とさせる。

運河を渡る舟から町を眺めていた私は、どこか懐かしさを感じる景色に感嘆の息をこぼす。

「なんだか落ち着く町ですよね。また来られてよかった」

「この一帯は夜叉の居城がある領域なので都会といえるが、町を出ると荒涼とした地が広がっている。あやかしも様々な種類がいるぞ」

「そうなんですね。世界は広いですね」

現世と同じく、神世の世界も果てしなく広いのだろうと思われる。

ここは夜叉である柊夜さんが管轄する地区なのだ。穏やかそうなあやかしたちばかりで、町は平穏そのものである。

柊夜さんが抱っこひもで胸に抱きかかえている悠は、目に映る景色に不思議そうな顔をして見ていた。彼にとっては神世のなにもかもが新鮮だろう。

やがて運河の向こうに、泰然とそびえ立つ夜叉の居城が姿を現す。

石造りの城壁に囲まれた壮大な大天守《だいてんしゅ》に圧倒される。黒い漆《うるし》塗りの下見板《したみいた》により、城の景観は漆黒だった。

「わあ！　さすが夜叉の城ですね。格好いいけど、悪者の居城みたい」

「悪者には違いないな。なにしろ、生娘をかどわかして孕ませた鬼の住む城だ」

「すべて事実なところが恐ろしいですね……」

ややあって舟は水門に辿り着く。船頭が手を挙げると、やぐらにいた門番が城内へと続く門を開けた。

水路を通り、船着き場から下船する。

松明《たいまつ》の明かりに照らされた階段を上ると、門の向こうに広大な城下町が見渡せた。

「城内はこちらだ。広いからあかりが迷わないよう、しもべをつけよう」

柊夜さんとともに、城内へと続く重厚な扉へ近づく。するとそこには、ふたつの石像が道の両脇に鎮座していた。

なんとなく足を止めた私は石像を見比べる。

まるで対のように造られた像は、小さな子どもの姿をしている。和装をまとっており、顔立ちがとても繊細に造形されていた。今にも動きだしそうな美しさだ。

柊夜さんは石像に向かって、声をかける。

「ふたりとも、命を宿せ」

夜叉の言葉に呼応するかのように、冷たい石像は柔らかな脈動を発する。

とくん、と小さな鼓動が響いた。

彼らは手足を動かし、瞬きをする。身につけていた着物の袂《たもと》が、ゆらりと揺れた。

「えっ……!?」

驚いた私は、目の前で起きた奇跡に瞠目する。ふたつの石像に色がつき、命を得たのだ。

まるで小さな天女のように裾をひらりとさせたのは、女の子だった。

「おかえりないませ、夜叉さま」

もうひとりの水干をまとった男の子も、慇懃《いんぎん》に挨拶をする。

「はじめまして、夜叉の花嫁さま」

まるで双子のように面立ちが似ている彼らは漆黒の髪を結い上げ、金色の双眸を煌めかせた。

「ふたりは夜叉の眷属だ。ここで城を守るのが役目で、このように行動することもできる。——両者とも、あかりに名乗りたまえ」

柊夜さんの言葉に、女の子は着物の褄《つま》を取り、すっと頭を下げた。

「わたくしは風天《ふうてん》と申します。よろしゅう、あかりさま」

「わたくしは雷地《らいち》です。城のことはわたしどもにお任せあれ」

男の子も右手を胸に当て、同じように頭を下げる。

どうやらふたりは石像のあやかしらしい。城の守護者として夜叉に仕えているのだ。

子どもに見えるふたりだけれど、醸し出す雰囲気は落ち着いている。無表情なのでまるで人形のようだ。あやかしだから見た目通りの年齢ではないのだろう。

「はじめまして。あかりです。どうぞよろしく」

てのひらを差し出すと、ふたりは同じタイミングで瞬きを繰り返していた。

はっとして、彼らが反応できなかった理由を察する。ふたりいるのに片手のみだと、握手する順番に困るのかもしれない。私は慌てて、もう片方の手も差し出した。

それでも、てのひらを凝視しているふたりに、柊夜さんが説明する。

「風天、雷地。あかりの手に触れるんだ。現世では挨拶として、手と手をつなぐ行為をする」

「わかりました」

「恐れ多いですが、それでは失礼いたします」

どうやら握手を理解されていなかったようだ。

神世は鬼神を頂点とする上下関係が厳しい社会なので、彼らにとって夜叉とその花嫁には主人として接するという常識があるのかもしれない。

すうっと手を上げた彼らは、それぞれ私の指先に一瞬だけさわると、すぐに身を引く。

「ありがとうございました」

「ご加護がありますように」

まるで仏像に触れた信徒である。私は御利益のある神でもなんでもなく、ふつうの人間ですが……。

微苦笑を浮かべた柊夜さんとともに、みんなで扉をくぐり、城内へ入る。

「ふたりは神世から出たことがないからな。俺が夜叉としてこの城の主になるずっと以前から仕えてくれているしもべたちだ」

「ということは、柊夜さんのお父さんの代からですか？」

「ああ……そういうことだね」

柊夜さんは言葉少なにつぶやくと、抱いている悠の頭を撫でた。

彼は人間の母親を亡くし、父親とは疎遠だという。母親が亡くなった原因が柊夜さんにあるとして、父親に恨まれている――と、多聞天であるおばあさまを交えて聞いたことがあった。

でも、実の親子でいがみ合うのは悲しい。

まだ会ったことはないけれど、先代の夜叉は悠の祖父にあたるのだ。できればおじいちゃんに孫の顔を見せたかった。そういった家族の喜びに憧れてもいた。

私には両親がいないから、せめて柊夜さんには父親と和解してほしいと願っている。

それとも私がそんなことを望むのは、おこがましいのだろうか。

けれどそんな思いとは裏腹に、悠が一歳になった今も、柊夜さんから過去のことや、父親がどこでどうしているかという詳しい話が語られたことはない。

もしかしたら、お父さんは、この城にいるのかしら……。

後ろをついてくる風天と雷地は黙している。達観した印象を受ける彼らは感情が抜け落ちているようにも見えた。

ふたりに訊ねてみたいと思っていた私に好機が訪れる。

「それでは、あかりさまはこちらでお召し替えを」

風天に促され、廊下で柊夜さんと別れることになったのだ。

普段着のワンピース姿なので、神世の城にふさわしい格好に着替えなければならないらしい。

「俺はあちらの部屋で着替えてくる。悠のことは心配ない。好きな着物を選ぶといい」

「それじゃあ、お言葉に甘えますね」

雷地とともに、男性陣は廊下の奥へ向かった。

着物ということは、和装なのだろうか。結婚式はおろか、成人式でも着物なんて着たことがない。そんな贅沢ができる身分ではないと諦めていたから。

どきどきと胸を弾ませて、漆塗りの扉から室内に入る。

そこには眩《まばゆ》い輝きがあふれていた。

いくつもの絢爛《けんらん》豪華な着物が衣桁《いこう》にかけられている。あちらこちらで胡蝶《こちょう》が舞い、煌びやかな百花繚乱《ひゃっかりょうらん》が咲き乱れる輝きに、圧倒されて身をのけぞらせた。

「ひゃあ……綺麗……目が、目が潰《つぶ》れる……」

風天はさらりと説明した。

「これらのお着物は、夜叉さまが花嫁さまのために選ばれました。どれにいたしましょう」

柊夜さんが私のために用意してくれたと聞いて、じんとしたものが胸にあふれる。

私たちは結婚式を挙げていないので、その代わりとして用意してくれたのだろうか。

口にはしないけれど、花嫁がまとう華麗な打掛や白無垢に密かに憧れていた。ここで美しい着物を着られるとは思ってもいなかったので、胸が躍る。

色とりどりの着物は、鮮やかな朱や深みのある花浅葱《はなあさぎ》、それに爽やかな萌葱《もえぎ》色など様々だ。いずれも豪奢な綸子《りんず》には、花々のほかに鶴や御所車《ごしょぐるま》など、麗しい模様が刺《し》繍《しゅう》されている。

一着ごとによさがあり、眺めているだけでも淡い溜め息がこぼれた。

「そうね……これにするわ」

私はその中のひとつに目をとめる。

緋綸子に百花繚乱が描かれたその着物は、冴え渡るような紅色をしていた。柊夜さんの瞳と、同じ色だ。

柊夜さんは隣の部屋にいるのに、どうしてほんの少し離れただけで、彼のことを思い浮かべてしまうのだろう。

真紅の着物の美麗さに目を細めた私は、早く柊夜さんに会いたいと焦がれた。

そして、私の着物姿を見てほしい。

できれば褒めてくれたら嬉しいな……なんてね。

風天が軽く手を挙げると、そばに控えていた数人の侍女たちが音もなく近づく。着替えを手伝ってくれるらしい。

私は緋の毛氈《もうせん》が敷かれた場所へ立った。

甲斐甲斐《かいがい》しく立ち回る侍女たちの手により、襦袢《じゅばん》に着替える。衣紋《えもん》を抜いて、伊達《だて》締《じ》めを締めた。

白練《しろねり》の半襟が大きな姿見に眩《まぶ》しく映る。着々と仕上げられていく着物姿に、期待が高まる。

風天はそばの卓に飾られている髪飾りを確認していた。

「真珠の櫛《くし》……螺鈿《らでん》細工の銀杏《いちょう》型かんざし……黄金の花かんざし……」

目も眩むような髪飾りをひとつひとつ指さし、歌うようにつぶやいている。いずれも宝玉や繊細な細工が施された高価そうな代物だ。

やがて卓の端まで歩いていった風天に、先ほどの疑問をそれとなく訊ねてみた。

「ねえ、風天。あなたはずっと昔から、この城で夜叉に仕えているのよね」

「ずっと昔とはいかなる月日なのかわかりかねますが、わたくしと雷地は夜叉のしもべです。この城とともにあります」

淡々と述べるので、無機質な人形めいている風天はかなり浮き世離れしているが、彼らは夜叉の城専属の忠実なしもべらしい。

ということは先代の夜叉である柊夜さんの父親にも、ふたりは仕えていたのだ。

わずかに緊張しつつ、侍女が掲げた紅色の着物を見つめながら、問いを重ねた。

「先代の夜叉は、この城に住んでいるの？」

「いいえ。御嶽《おんたけ》さまは引退されましたので、郊外の屋敷にお住まいです」

あっさり教えてもらえたので、拍子抜けした私は肩の力を抜く。

柊夜さんの父親の名は、御嶽というらしい。

実父の名すら知らない私は、それだけで新鮮な驚きに包まれた。

けれど夜叉の地位を柊夜さんに譲り引退したということは、あまりここへは来ないのかもしれない。柊夜さんとは仲違いをしているという事情もあると思われる。

「そ、そうなのね。御嶽さまは、どんな方なのかしら」

「先代の夜叉です」

「……えっと、性格とか。柊夜さんと似ているの？」

「お姿はよく似ておられます。性格とは、なにを指しているのかよくわかりません」

淀《よど》みなく答える風天だけれど、主がどのような性質かということについては頓着《とんちゃく》しないようだ。これでは御嶽が厳しい人なのか、それとも優しい人なのかわからない。

いつか、会ってみたい。柊夜さんが許してくれるのなら。

そして悠に、『おじいちゃん』と呼ばせてあげたかった。

その日が訪れることを願ってやまない。

紅色の着物をまとうと、気持ちが引きしまるようだった。

私は、夜叉の花嫁なのだ。胸に芽生えたこの誇りを、ずっと忘れずにいよう。

「あかりさま。髪飾りは、いかがいたしましょう」

麗しい数々の髪飾りは、どれも壮麗な着物に似合うだろう。

けれど、やはり私の目にとまったのは、紅い花々を集めた髪飾りだった。

「これがいいわ。着物と、同じ色だから」

それは愛しい夜叉の瞳の色だ。

まるで柊夜さんの魂であるかのように、そっと花かんざしをすくい上げる。壊れてしまわないよう、優しく。

手ずから髪に花かんざしを挿す。

鏡を見ると、そこには見たこともない私がいた。

夜叉の花嫁として、綺麗になれただろうか。

美しく着飾った姿を、柊夜さんは見てくれるだろうか。

白粉《おしろい》と紅を塗り、彼を想った私は薄く微笑んだ。


支度が調うと、部屋の扉が開く。

悠を抱きかかえていた柊夜さんの格好に、私は目を見開いた。

漆黒の着物は輝く星のような金箔《きんぱく》に彩られている。首元を飾る象牙《ぞうげ》色の襟巻きが、端麗な美貌に華を添えていた。

まるで貴族の水干装束《すいかんしょうぞく》のような、高貴さを匂わせる和装だ。体躯がよいのでとても似合っている。

どきどきと胸を高鳴らせる。

私の旦那さまはなんて素敵なのだろう。

ところが柊夜さんも驚いた顔をして私を見ていた。

「なんて綺麗なんだ……。俺の花嫁はこんなにも美しいと知るために、俺は今ここにいるのだな。これはもう一度求婚しなければならないようだ」

彼がこぼした感嘆のつぶやきが、喜びの羽毛となって胸に舞い降りる。

そんなふうに褒めてもらえるなんて思わなかったから、嬉しくて恥ずかしくて、頬が朱に染まる。

「ありがとう、柊夜さん。こんなに綺麗な着物を着られて、すごく嬉しいです」

目元を緩ませた彼は、まるで愛《め》でる花をもっと近くで見ようとするかのように、音もなく歩み寄ってきた。

腕を伸ばすと、私の髪に挿した花の花弁に、そっと指先を触れさせる。

「喜んでもらえてよかった。あかりには着物が似合うのではないかと思っていたからね」

これが結婚式の代わりの装束ということなのかはわからないけれど、初めて夜叉の居城に迎え入れられ、美しい着物を着せてもらえた喜びは得がたいものだった。

なによりも、柊夜さんが笑みを向けてくれたことが、私にとって最高の贈り物だ。

「あぶぅ……」

悠も私たちと同じように、とてもかわいらしい童水干《わらわすいかん》に着替えていた。

けれど世にも奇妙なものを見たように、驚いて私を凝視している。

「いつもと違う姿だから、ママはどうしてしまったのかと驚いているようだな」

「あっ……そういうことですか。――おいで、悠」

両手を差し出せばいつもならすぐに私のもとへ来るのに、悠は手足をばたつかせて拒否をしている。

美しく着飾ったママを別人だと思ったのかもしれない。ちょっぴり悲しい。

柊夜さんは、すとんと悠を床に下ろした。

私の周囲をぐるぐると回る悠は、本物のママなのかジャッジしているようである。

その姿がかわいらしくて、くすりと笑いがこぼれた。

「悠が驚いている間に会合を済ませてしまおう。ぐずったら大変だからな。すでに那伽と羅刹は来ている」

羅刹もいると聞いて、かすかな不安が胸を掠《かす》めた。柊夜さんに嫉妬していると言われたことが響いたから。

ただ、嫉妬の感情が湧くということは、それだけ私のことを好きでいてくれているという証明であるわけで、それについては舞い上がってしまいそうになる。

けれどその一方で、鬼神としてごく近い存在の彼らは、味方にも敵にもなりえる危うい関係なのだと思えた。柊夜さんと羅刹は対等な地位だからこそ敵対心が芽生え、身近ゆえに親友という関係を保たなければならない薄氷のごとき仲だと、ふたりのやり取りから感じていた。

だからこそ私のために争わないでほしい。

ためらっていると、悠は小さな足を軸に、くるりと向きを変えた。

私たちがついてくるのを確認するかのように振り向いて、「う」と言う。

まだお話しができない小さな子でも、大人の会話を耳にし、理解しているのだ。我が子の成長に心がほころぶ一方、親として子どもに余計な心配をかけさせないよう努めないといけない。

あまり緊張しないで、会合に参加しよう。

柊夜さんは微笑を浮かべると、私に向けて大きなてのひらを差し出した。

「悠が先導してくれるようだ。では、行こうか」

「はい」

柊夜さんに、そっと手を預ける。

つないだ手からは、いつもの冷たい体温が伝わってきた。

「心配はいらない。これでも俺は鬼衆協会の会長だ。そして、その責務とともに、きみを守る。それを忘れないでくれ」

そっと囁くようにつぶやかれた低い声音が、大地に水が染み込んでいくように心を満たした。

こくりと私が頷くと、きつく手を握り返される。

廊下を歩んでいく悠を風天と雷地が挟んでいる。私たちは三人の小さな背中に導かれた。

ややあって、廊下の果てにある最奥の部屋に辿り着く。

「こちらでございます」

「会合の間でございます」

風天と雷地は朱塗りの壮麗な扉を開け放った。

天井の高い広間を目にして、感嘆の息がこぼれる。

中央に大きな円卓があり、それを取り囲んでずらりと精緻《せいち》な細工の椅子がそろえられていた。

金の屏風《びょうぶ》には、百鬼夜行と思われるあやかしたちの行列が描かれている。

広い窓からは青い運河と行き交う舟が見渡せる。その向こうには城下町が広がり、さらに遥《はる》か遠くの山々まで一望できた。

趣のある部屋の壁は飴《あめ》色の建材で、一面に緻密な透かし彫りが成されていた。

まるで殿様が重鎮との会議を行うときに使用するような豪奢な室内は、至るところに見所がある。

ところが、その雰囲気にそぐわない服装の男子が椅子に腰かけていた。

こちらに目を向けた彼は明るい声をかける。

「よう、あかり。久しぶり！」

「那伽！……それ、学校の制服なのね」

一年ぶりに再会した那伽は相変わらず茶髪を跳ねさせ、制服のブレザーにネクタイという格好だった。しかも円卓の上にはペットボトルのお茶と、授業で使用すると思しきノートや筆記用具が置かれている。ここは高校の教室かな？

「日曜なのに補講だったんだよな。制服でも意外と違和感ないだろ？　自分の城に行くとさ、爺やが龍王らしい服に着替えろってうるさいから学校から直行してるんだ」

「そうなのね……。部活みたいだって、前に言っていたものね」

八部鬼衆のひとりで広目天を主とする那伽も、もちろん自分の居城を持っている。初めて会ったときは中学生だった彼は、高校一年生になっていた。彼は柊夜さんと同じように人間として生活をして学校に通っているのだ。

現世をそのまま持ち込んでいるのは、那伽がこの会合に慣れているからだろう。

初めてのお兄さんを目にした悠は、ぽかんとして見上げている。

そんな悠のそばに、那伽は身をかがめた。

「この子が夜叉の後継者かぁ。オレは那伽だ。よろしくな」

「ばぶぅ」

「まだお話しできないの。名前は〝悠〟よ」

「へえ。〝夜〟って字をつけなかったんだな。オレなんか〝橋本《はしもと》那伽〟だから、そのまんまなんだぜ。親父のセンスのなさに今でも呆《あき》れてるよ」

肩を竦《すく》める那伽に、笑顔を見せた悠は両手を掲げてバンザイのポーズをする。

抱っこしてほしいという合図だ。どうやら那伽に懐いたようである。

「おっ、抱っこか？　オレは妹の面倒を見たから子どもには慣れてるぞ。こうして胴を掴んでから尻を支えるんだよな」

手慣れた様子で軽々と悠を持ち上げた。

さすが那伽の抱き方は安定している。年の離れたお兄ちゃんみたいで微笑ましい。

抱っこされた悠は、ぎゅっと那伽のブレザーの襟を掴んだ。

その様子を目にした柊夜さんは、那伽の椅子を引く。

「しばらく那伽に任せよう。会議中にぐずったら、こちらで預かる」

「了解。オレの抱っこで眠らせてやるぜ。なあ、悠？」

「あぶぅ」

楽しげな声を出す悠に安堵して、私も隣の椅子に腰かけようとしたとき。ふいに背後から現れた人物に、すいと手をすくい上げられた。

「僕の隣に座りなよ、あかり」

聞き覚えのある声に、私の頬が引きつる。

悠々とした笑みを刻んだ羅刹は、柊夜さんとは対照的な純白の装束をまとっていた。

その輝きは亜麻色の髪によく似合い、まるで貴族の若様のごとき気品がにじんでいる。堂々と私に近づいて触れてくる羅刹は、柊夜さんへの遠慮などいっさいない。むしろ挑発しているみたいだ。私を誘惑して柊夜さんの反応を楽しんでいるのではと勘繰ってしまう。

佇《たたず》んでいれば優美なイケメンなのに、中身は悪辣な男だとか、まさに凶悪な鬼神の本性を表しているようである……。

会社では、間に玉木さんを挟んでどうにかやり過ごしている。夜叉と羅刹の壮絶な戦いが勃発《ぼっぱつ》してしまうのではと思うと、いつもひやりとさせられていた。

羅刹に手を取られた途端、怒れる般若《はんにゃ》のような形相をした柊夜さんが、私の肩を抱き寄せた。

「俺の花嫁にさわるなと何度言わせる。そんなに嫁が欲しいのなら勝手に探せ」

「僕は嫁が欲しいわけじゃない。あかりが欲しいんだ。夜叉はもう後継者は手に入れたんだから、結婚は解消してもいいだろう？」

「わかってないな。俺は後継者を手に入れるためにあかりと結婚したわけではない。目に余る言動をするようなら追い出すぞ」

「やってごらんよ。鬼衆協会の人員が無駄に減るだけだ。僕が帝釈天の側に与したなら、夜叉のほうが困るんじゃないか？」

またしても私を挟んで、壮絶な嫁取り合戦が繰り広げられる。

鬼の嫉妬は恐ろしい。『これでも俺は鬼衆協会の会長だ』という落ち着き払った宣言はどこへ行ったのかな？

ふたりの厚い胸板にぎゅうぎゅうに挟まれ、困った私は閃《ひらめ》いた。

そうだ、自分の意見を言おう。

「あのですね、私は柊夜さんを……」

「あかりは黙っていてくれるかな。これは僕と夜叉の争いだから。きみは勝者に抱かれるしかないんだよ」

即座に羅刹から封じられてしまった。私の希望は通らないようだ……。

やはり私は名もない美味しそうな鳥という位置づけで、それを捕獲した者勝ちということなのかな。

羅刹の発言に眉をひそめた柊夜さんは、さらに身を寄せてくる。

ちょっと苦しいので、ふたりとも離れてほしいんだけど。

「俺を出し抜こうとするやつがよく言う。――あかり、本気にするな。羅刹にそんな気概はない」

「僕はいつでも正面から勝負していいんだよ？」

「ほう。では今からでもいいわけか」

いいのだろう。

「もちろん」

殺気を漲らせるふたりの顔を、はらはらして交互に見やった。

今から鬼衆協会の会合だったはずなのに、にらみ合うふたりをどうやって諌《いさ》めれば

半眼で眺めていた那伽は嘆息すると、抱っこしていた悠を下ろした。

「悠、ママを連れてきな。――風天、雷地、おまえたちもこっちに来て座れよ」

「わかりました、那伽さま」

「それでは失礼いたします」

部屋の隅に黙然として佇んでいた風天と雷地が、那伽に手招きされる。

彼らは音もなく歩み、にらみ合う夜叉と羅刹をさらりと避けて円卓へ近づいた。

私の前へやってきた悠は、「あぅあ」と言って着物の裾を引っ張る。

子どもの手のほうが強いようで、ふたりの鬼神はするりと私から手を離した。

那伽の適切な判断に拍手を送りたい。

かくして私の左隣には風天と雷地、右には悠を抱っこした那伽という席順になる。

柊夜さんが座るであろう上座と、私たちの向かいの座席は空いている。完璧な布陣だ。

取り残された鬼神ふたりは無益な争いをやめ、無言でそれぞれの席に着いた。

柊夜さんは咳払いをひとつこぼす。

「それでは第千八百二回目の鬼衆会合を始めよう。本日は夜叉の花嫁と後継者が参加しているが、今日集まった者たちとはすでに顔見知りゆえ、紹介は省く。俺の家族を今後ともよろしく頼む」

「みなさん、よろしくお願いします」

私が挨拶してお辞儀をすると、悠も「あぶぁ」と大きな声をあげた。

「本題に入ろう。多聞天から寄せられた情報だが、近頃現世でヤミガミが跋扈《ばっこ》しているそうだ。やつは人間に乗り移り洗脳するため、非常に厄介《やっかい》なあやかしと言える。見かけたら報告してくれ」

柊夜さんの話に、羅刹は眉をひそめた。

「どの鬼神の眷属でもない野良あやかしだね。あれは人間社会のひずみに入り込んだ害虫みたいなやつだ。僕たちが手を下すまでもなく、放置しておけばいいんじゃないか？」

「そういうわけにはいかない。現世にはびこるあやかしだからこそ、我々が統制する必要があるのだ。ヤミガミの特性を考えると、注意深く扱わなければならない」

彼らの語るヤミガミとは、いったいどんなあやかしなのだろう。

人間社会に密接したあやかしのようだけれど。

「あの、ヤミガミはどんな姿をしたあやかしなんですか？」

害虫みたいということは、ものすごく小さいのだろうか。

私の質問に、一同は緊張を孕んだ眼差しをこちらに向ける。なにか問題のあることを聞いてしまったのだろうかと思い、ごくりと唾を飲み込んだ。

そんな私に、柊夜さんは丁寧に説明してくれた。

「ヤミガミは不吉を呼ぶあやかしで、黒いぬいぐるみのような姿をしている。だが実は、ぬいぐるみは器であり、その下の本体を見た者は死ぬと言われているのだ」

「ええっ!?　見たら死んでしまうんですか？」

「あくまでも言い伝えだ。もとは神だったものが堕落したそうだが、真偽は定かではない。人間に取り憑《つ》いて悪事を行わせる特殊能力を持っている」

もとは神様だったので〝ヤミガミ〟と名づけられたようだ。

堕落した神が人間に悪事を行わせるだなんて、恐ろしい話だ。ぬいぐるみを被った姿だそうだけれど、本体を見た者が死に至るのならば、注意を払わなければならないのも頷ける。

那伽は発言を求めて、軽く手を挙げた。

「ヤミガミについては了解。――ところでさ、オレから報告があるんだけど……」

言いにくそうに言葉尻をすぼめる。

ゆったりと黒檀《こくたん》の椅子にもたれた柊夜さんは促した。

「聞こう」

「薜茘多が永劫の牢獄を出たんだってさ。帝釈天に許されたらしいぜ」

ぴくりと羅刹の眉が跳ね上がる。だが彼はなにも言わない。

薜茘多は柊夜さんに敗れた八部鬼衆のひとりだ。永劫の牢獄に囚われていたとはいえ、もとより彼は帝釈天側の鬼神である。夜叉に敗れた罰として幽閉されていただけなのだ。

「そうだろうな。俺への復讐を目論んでいることは想像に易い」

「どうすんの？」

「どうもしない。薜茘多はさほどの敵でもない。仕掛けてきたら相手をしてやるだけだ」

頼もしい柊夜さんの答えに、私は安堵の息を漏らす。

双眸を細めた羅刹が、おもしろそうにつぶやいた。

「余裕だねえ」

「守るものがあるからな」

それは私たち家族ということだ。

柊夜さんの思いを感じた私の胸は感激で満たされる。

私の旦那さまが家族を大切にしてくれている——。

それを知っただけで、こんなにも幸福感にあふれるなんて。

とても幸せな境遇であることを改めて感じた。

ふうん、と羅刹は思わせぶりにつぶやく。

悠は「あうーうー」としゃべり、落ち着きがなくなってきた。どうやら、お腹が空いたらしい。

私は那伽と抱っこを交代し、会合を中座したのだった。

天守閣からの眺望は素晴らしい絶景だ。

眼下に広がる城下町を望め、その向こうには遥か遠くに山々が連なっている。棚引く白練の雲が美しく、青い空はこんなにも広いのだと知った。

壮大な景色を眺めていると、後ろではにぎやかな声があがる。風天と雷地に遊んでもらっている悠は、小さな足を繰り出してふたりと追いかけっこに興じていた。

「悠さま。こちらでございます」

「悠さま。だるまさんがころんだでございます」

それはちょっと違う遊びじゃないかな……。

苦笑いしつつ、楽しそうに遊んでいる三人を見守った。

石像のあやかしだそうだが、風天と雷地はとても軽いようで、ふわりふわりと身を浮き上がらせている。風天のまとう羽衣を捕まえようと、悠は弾けるような笑い声をあげながら手を伸ばしていた。

はしゃぐ子どもたちの姿を、私の隣で一緒に見守っていた柊夜さんは、朱の欄干に手をかける。

「悠は楽しそうだな。初めての場所なので泣くかと思ったが、豪気なものだ」

「勇気がありますもの。……なんて、親馬鹿ですね」

「違いない。子どもに期待したり憂えたり、一喜一憂させられるな」

「柊夜さんもですか。私もです」

「気が合うじゃないか」

そよぐ風が、朗らかに笑う柊夜さんの漆黒の髪をなびかせていた。

鬼衆協会の会合は無事に終わった。中座した私は持ち込んだベビーフードを悠に食べさせていたので、最後まで参加できなかったけれど、風天と雷地の話によれば平穏無事に終了したという。

那伽と羅刹はふたりとも現世へ戻っていった。明日は平日なので、学校と会社があるのだ。

私たちも帰宅しなければならないので、束の間の休息である。

っと柊夜さんは笑いを収め、真紅の双眸に憂慮を浮かべた。

「悠は夜叉の後継者として、初めて会合に参加した。だが将来、必ずしも夜叉を継承できるとは限らない。悠に苦労させないためには、俺が父親との確執を解消しておく必要があると改めて感じた」

「……柊夜さんのお父さんのこと、風天から聞きました。御嶽さまは郊外の屋敷に隠居されていると」

柊夜さんの手にわずかな力が込められ、欄干を握りしめる。

父子の間に、どんなことがあったのだろう。

柊夜さんの古い傷を抉《えぐ》るなんてことはとてもできなくて、事情を聞けなかった。

うつむいた私の心中を察してか、彼は気遣わしげに声をかける。

「いずれ、あかりに詳しいことを話そう。俺が父親と険悪なままでは、悠が大人になったとき、やはり父親である俺を憎むようになる。その負の連鎖を、俺は断ち切りたい」

柊夜さんの思いに、私は深く頷いた。

私は父子にとっては赤の他人かもしれない。嫁が立ち入る問題ではないのかもしれない。

でも、柊夜さんの力になりたい。

彼が父親と和解できることを、私も望んでいた。

「いつか……お父さんに会わせてくださいね。悠の顔も見てもらいたいです」

「ああ……約束しよう」

そうつぶやいた柊夜さんは、ほのかな微笑を向けてくれた。

その微笑みに、私は未来を信じたのだった。


夜叉の居城をあとにして、私たちは現世へ戻ってきた。

悠は様々な体験の連続で疲れたのか、すでに熟睡している。

闇の路から出てマンションのリビングに到着し、ほっと息をついた。

出かけるときは陽が射し込んでいたが、窓の外はすでに藍の闇に染まっている。

「あかり、疲れたろう。悠はもう眠っているから、ベッドに下ろそう」

「そうですね。私もとても楽しかったです。夢のような時間でした」

夜叉の居城で花嫁として迎えられ、豪華な装いをして会合に参加できた。風天と雷地にも出会えて、行きたいと願っていた城内も見学した。

今日の出来事は私の大切な思い出のひとつになる。

なによりも、柊夜さんが神世へ連れていってくれたということが嬉しかった。

決して鬼衆協会にかかわらせず、神世のことに私が触れないよう避けていたのに。

そんな彼が私の気持ちを汲んでくれたのだ。

柊夜さんと同じ世界にいたいという気持ちを――。

午前中に喧嘩をしたのが、嘘《うそ》のようだった。

満足感に浸った私は、抱きかかえていた悠をベビーベッドにそっと横たえる。

いつものようにヤシャネコが添い寝してくれると思い、首を巡らせた。

すると、いつの間にか足元にいたヤシャネコは、か細い声を出す。

「おかえりにゃん――……て……きたにゃん……」

「えっ？　ヤシャネコ、どうしたの？」

私は目を疑った。

ヤシャネコの姿が薄くなり、まるで砂が風にさらわれるかのように消えていく。

そういえば出かけるときも耳が陽射しに溶けるように見えたけれど、あれは光による錯覚だと思っていた。

慌ててヤシャネコの体を抱きしめる。

だが、もっふりとした黒い毛並みが感じられなかった。

ヤシャネコの体が、透けている。伸ばした手には、なにも触れられなかった。

「消えちゃう……どうして!?　柊夜さん、ヤシャネコが……！」

焦って柊夜さんに助けを求めるが、彼は冷静に見下ろしていた。

まるで、そうなることがわかっていたかのように。

「ヤシャネコが消えるわけではない。消滅するのは、あかりの腹に残っていた神気だ。子を出産したことで、きみの神気が消えようとしている」

愕然として立ち尽くした。

ただの人間である私にあやかしが見えていたのは、お腹に鬼神の子を宿したからだった。赤子の持つ神気が原因であり、出産してからも胎内に神気が残っていたので、今までヤシャネコと接することができたのだ。

そのことは柊夜さんから説明を受けていた。

わかっていたはずなのに、私はまるでもとから備わっている能力であるかのように思い込んでいたことに気づかされる。

出産を果たせば、いずれ胎内に残留していた神気は薄れ、消滅する。

私はあやかしが見えなくなる。ヤシャネコばかりか、今日会った風天や雷地の姿も見えず、話せなくなる。それどころか二度と神世にも行けなくなるかもしれない。神世は、人間の入れる場所ではないのだから。

「ヤシャネコ……待って……いなくならないで……」

涙を浮かべながら懸命に撫でるけれど、私の手は空を切るばかりだった。

ヤシャネコの声は次第に遠くなった。

「おいら、いつでもあかりんのそばにいるにゃん——……かぞく、まもるにゃ——……」


薄れていくヤシャネコの姿は、やがて完全に消えた。

消えたのではない。私のほうが、彼らの存在する世界から弾き出された。あやかしのいない、平穏な日常に戻ってきたのだ。以前は望んでいたはずの結末が、こんなにも胸を軋《きし》ませるなんて。

ヤシャネコの最後の台詞は〝家族だよ〟と私が告げたことを汲んでくれていた。そのことに私は大粒の涙をこぼした。

そして、家族なのに私のほうからは認識できないという深い悲しみを、よりいっそうもたらした。

頻繁にヤシャネコがいなくなったように感じていたのは、神気がなくなりかけていたから。ヤシャネコの態度がどことなくぎこちなかったのは、こうなることを予期していたからなのだろう。おそらくヤシャネコが話しかけても、私に無視される状況があったので、切れかけた神気に気がついたのではないだろうか。

それを気遣って、あえて私に伝えなかったのだ。もちろん、そんな私たちを見ていた柊夜さんも察していた。

柊夜さんは泣きじゃくる私の肩に、そっと触れる。

「ヤシャネコは今、悠の隣に寝そべっているよ。いなくなったわけではない。変わらず、そこにいる」

「……柊夜さん。わかっていたんですね。私の神気がなくなりかけていることを」

「ああ。ヤシャネコがいないと思っていることも多いようだったから、そろそろだろうと気づいていた」

〝私の神気〟ではなかった。正確には悠が持っている神気が、私の胎内に残留していたのだから。

悠と、柊夜さんのおかげで、私は彼らの世界を認識できていた。やはり私はなんの力もない人間であることを突きつけられる。

これからは家族とは、違う世界にいることになってしまう。あやかしともかかわれなくなる。

「だから、夜叉の居城に連れていってくれたんですか？　最初で最後というのは、そういう意味だったんですね」

わめくように吐き出してしまった自分が情けなくて、また涙がこぼれた。

私は柊夜さんから、夜叉の花嫁として認めてもらったように思い、無邪気に喜んでいた。豪華な着物を用意してくれたことも、結婚式の代わりなのだとさえ思った。

けれどすべては、これから違う世界で生きていく私への最後のはなむけだったのだ。

家族なのに、私だけが取り残されてしまう。

足元を震撼《しんかん》させる疎外感に、体を戦慄《わなな》かせた。

私はもう、柊夜さんの妻や、悠の母親である資格を失ってしまったのだろうか？

胸が引き絞られる痛みに襲われ、涙に濡れた顔をてのひらで覆う。

「あかり。きみが夜叉の花嫁であることはこれからもなんら変わりがないし、きみは俺の妻であり、悠の母親だ」

「でも……柊夜さんと悠はあやかしが見えているのに、私だけなにも感じることができませんよね。家族なのに、寂しいです……」

私の両肩が柊夜さんの大きなてのひらに包み込まれる。顔を覆う手に、そっと唇が触れた感触がした。

彼の唇は火傷《やけど》しそうなほど熱かった。

夜叉の手は冷たいのに、唇は熱いことに改めて気づかされる。

熱い唇で手を退けられ、泣き濡れた私の顔を曝された。柊夜さんの真紅の双眸が、じっとこちらを見据えている。

ひどい顔をしているはずなので、恥ずかしくてうつむこうとしたとき、そっと唇が重ね合わされた。

柊夜さんのキスは、いつも強引なのに優しい。

くちづけを交わすたびに彼が好きだという想いが心の奥底から沸き上がってくる。

でも今は、涙の味がした。

慰めが悲しくて、たまらなかった。

少し唇が離され、うかがうような真紅の双眸を向けられる。

「……柊夜さんは、ずるいです。どうしてなにも言ってくれなかったんですか？」

「言っただろう。今だが」

「初めからそうですよね。いつも事後報告なんだから」

むくれて唇を尖らせると、また口づけられる。

今度は舌を絡めた濃密なキスに、終わりのない夜の始まりを予感した。

「ん……待って、悠がいるのに……」

「今夜は起きないだろう。ぐっすり眠らせるために、夜叉の城へ連れていったんだからな」

息を呑んで、妖艶な笑みを浮かべる夫を見上げる。

まさか今夜の夫婦の営みのために計画したことだというのか。

確かに悠は城の階段を上ったり、風天と雷地のふたりと鬼ごっこをしていたので、たっぷり運動したせいか起きる気配はない。

「さあ、寝室へ行こう。一晩中、ずっときみのそばにいる」

優しく肩を抱かれて、ともに寝室に入る。

柊夜さんは、私を慰めようとしてくれているのだ。

たとえ、あやかしが見えなくても、夜叉の鼓動は感じられるのだと証明するために体を重ねるのだとわかった。

けれど胸を悲しみが占める今は、彼の気遣いを受け入れられる自信がなかった。

「私はとても悲しんでいます。うまくできないかもしれません……」

「上手に応えようなどと気負わなくていいんだ。俺はきみを愛したい。ただ、それだけだ。俺が愛撫《あいぶ》している間、きみはその胸の悲しみを語っているといい」

私の体がそっとベッドに押し倒されると、すぐに柊夜さんは覆い被さり、きつく抱きしめた。そして耳元に甘い声で睦言《むつごと》を囁かれる。

「愛している。軽蔑されるのを承知で自白するが、泣いているきみを見て漲ったよ。俺はきみに惚《ほ》れているのだなと百万回目の自覚をした」

「……私の胸の悲しみを語ってもいい時間じゃなかったんですか？　このままだと柊夜さんがいかに私を愛しているかという話で夜が明けてしまいそうです」

唇を尖らせていると、着々と服を脱がされる。

頬にくちづけて涙の痕を辿った柊夜さんは、大きなてのひらで私の素肌を撫で下ろした。

「そうだとも。俺の唇はこれから忙しいから、その間に語るといい」

「もう。傲慢なんだから」

「だが、好きなんだろう?」

問いかけに、視線をさまよわせた私の頬が熱くなる。

「……はい」

小さく答えると、柊夜さんは満足げに微笑んだ。

彼は私の首筋を、ゆっくりと唇で伝い下りる。

それきり柊夜さんの唇は愛撫を刻むことしかしなくなった。

淡い吐息をこぼしながら私は、ぽつりぽつりと、赤子だった悠がヤシャネコをじっと見ていたことなどの思い出を語った。

話しているとまた悲しくなり、眦から涙が伝い落ちる。

その雫を、柊夜さんの唇がすくい上げるたびに、彼は私の唇も塞いだ。

「涙のキスって、しょっぱいですね……」

「そうだな」

柊夜さんの中心が私の胎内を満たしていく。

縋《すが》りついた強靱な背は、指先に脈動を伝えた。

やがて胎内に精が放たれると、息が整わないうちに柊夜さんはまた唇を重ねる。

「……どうした。もっと話していいぞ」

「これって……もしかして、朝まで続くんですか？」

「無論だ。きみと俺の、気の済むまで」

甘く掠れた声音が、弛緩《しかん》した体に心地よく浸透する。

恍惚《こうこつ》とした私は、しっとりと汗をまとった柊夜さんの背をいたわるように撫でた。

「それじゃあ、柊夜さんと会社で初めて会ったときのことから、順を追って話しますね」

「うん、聞こうか。俺との初めての会話を覚えているか？」

「それはもう。『星野さん、ちょっといいかな』と、書類を片手にして鬼の形相でした」

「……そんなに怒っていないが。きみに話しかけるので、緊張していたんだ」

「そうかなぁ……」

再び力を取り戻した雄が、官能を送り込む。

私たちは深く体を重ねながら、夜が白むまで語り合った。

第三章　1か月　妊娠疑惑と堕ちた神

会社のお手洗いから出た私は、首を捻《ひね》る。

——生理が来ない。

悠を妊娠してからは月経が止まったわけだが、産後の翌月にはもう再開された。

私は三十日周期だけれど、月経は時計のようにいつも正確に訪れるわけでもない。ストレスなどの心理的な要因により、一週間ほど遅れることもある。それに一度出産しているので、以前と比べたら体調に変化があって然るべきだろう。

「まさか……妊娠じゃないよね？」

出番のないナプキンが入ったポーチを握りしめ、私は小さくつぶやいた。

柊夜さんはいっさい避妊をしない。それにもかかわらず私の体を頻繁に求めてくる。ということは、いつ再び妊娠してもおかしくないわけである。

私たちは一夜で子を授かったが、それは稀《まれ》であるということは、世間の夫婦と照らし合わせて知っていた。

ならば、どのくらいセックスすれば、夫婦は子を授かるのだろうか。平均はいかほどなのか。

私は柊夜さんが初めての相手で、しかも妊娠が発覚してから、かりそめ夫婦として同棲し、結婚するに至った。一般的とは言いがたい経路なので、標準がわからない。

「そういえば、ふたりめはいつ作るとか、夫婦で話し合うのよね……？」

柊夜さんとそのような話をしたことはなかった。

ふたりめはまだいいだとか、奥さんのほうが断るという情報を耳にしたことがある。妊娠の時期を操作できて当然という感覚に驚かされる。結婚したら、相談してお互いに納得したときにセックスをして、そうしたら予定通り妊娠できるという前提があるらしい。世の中の夫婦とは、そんなに予定調和になっているのか。

もっとも、私が世間の推し進めるスケジュール通りに結婚と妊娠をこなさなかったゆえに、家族計画の練り方が備わらなかったとも言えるけれど。

「みんな同じ家庭を作りましょうなんて推奨されても、その通りになるわけないのよね……。だって旦那さまがそれぞれ違う人なんだから」

柊夜さんとしては、悠が生まれたことにより夜叉の後継者は確保できたので、目的は達成したと考えるのが妥当だろう。だからふたりめは特に意識していないのかもしれない。私のほうも、悠のことで手いっぱいで考える余裕がなかった。

今さらふたりめを相談しても、もう遅いのかもしれないけれど……。

そわそわしつつ、お腹に手を当てる。

もし、ふたりめということになると、もちろんその子も鬼の子である。

今のところ、悠の見た目に特殊な兆候は見られず、能力としてはあやかしが認識できていることくらいだが、成長したらどうなるかはわからない。

私は柊夜さんの鬼の姿を見たことがある。

それは気高く美しい夜叉だったが、柊夜さん自身は見られたくなかったと語っていた。目の色が赤いことで周囲から忌避《きひ》されたトラウマもあるのだろう。

その苦悩を悠も背負うことになると思うと、今から心配でたまらない。そしてふたりめを産むということは、その子にもやはり同じ重荷を背負わせてしまう。子どもに苦労をさせたくはないのに。

また思い悩みそうになった私は、ふるりとかぶりを振った。

「まだ妊娠と決まったわけじゃないものね」

もう少し待っても月経が訪れなかったら、妊娠検査薬を試してみよう。検査薬が使用できるのは月経予定日から何日後だったかな……。

そんなことを考えながら、企画営業部のフロアへ戻る。

するとそこでは、羅刹――もとい神宮寺さんに群がる女性たちが争いを繰り広げていた。

「神宮寺さん、私とお昼に行きましょうよ。お弁当を作ってきたんです」

「あら、本田さんが料理ができるなんて初耳だわ。それに神宮寺さんは私と約束していたのよ」

「なんですって!?　そんなことないでしょ。ねえ、神宮寺さん」

本田さんを含めた独身女性たちは、イケメンの羅刹を落とそうとライバルを牽制《けんせい》しつつ懸命にアプローチを仕掛けていた。

彼の正体は鬼神なので、近づかないほうが平穏な人生を過ごせると思う……。

心の中でつぶやいた私は目立たないよう、こっそりデスクに戻ろうとした。

が、思わぬ人物に捕まってしまう。

「星野さ〜ん！　なんとかしてくださいよ」

私に追い縋るように走り込んできた玉木さんに泣きつかれる。

彼は羅刹とペアになり、会社の先輩として仕事を教えていたはずだけれど。

お願いだから、これ以上は私を巻き込まないでほしい。

しかし気の毒な玉木さんを追い払うことなどできるはずもない。会社の同僚として穏便に状況をうかがってみた。

「どうしました、玉木さん？」

「神宮寺さんに近づけないんですよ。まだ仕事の話があるのに。お昼休みが近くなると、女性たちがぼくを押しのけちゃうんです。ぼくが注意すると鬼みたいな顔をするのに、神宮寺さんには女神の微笑ですよ。それを鬼山課長に訴えたら、なんて言われたと思います？」

「……答えがわかりそうな気もしますけど、一応聞いておきますね」

「こうですよ。『人は誰でも鬼なのだ』だって！　つまり、どうしようもないって言いたいらしいです。ひどいじゃないですかぁ」

ご丁寧に玉木さんは、柊夜さんの台詞の部分を真似てくれた。けっこう声色が似ているのでイメージが浮かぶ。

あなたがそれを言うな、とつっこみたいですよね……。

苦笑いをこぼしつつ課長のデスクに目をやると、無人だ。そういえば午前中は得意先を訪問する予定だったことを思い出す。

「解決策としては、玉木さんが神宮寺さんのお弁当を作って、ふたりで食べればいいんじゃないかなと思います」

私なりのアドバイスを述べると、玉木さんは子どものように唇を尖らせた。

「ええ～？　そこじゃないですよ。神宮寺さんが誰かひとりを選んだら、この合戦状態が決着するわけですよね。鬼山課長が星野さんと結婚して、長い戦いに終止符を打ったのと同じように」

私の顔に苦渋が浮かぶ。

ひとこと多い玉木さんは決して悪い人ではないのだけれど、どうにも無意識に核心を突いて、相手に重傷を負わせてしまうようだ。

玉木さんはまるでディスカッション時のように熱く語りだした。

「だから、さっさと誰かを指名すればいいんですよ！　それなのに神宮寺さんときたら、女性たちが争うのを見てるだけじゃないですか。モテるのを楽しんでいるなんて、性悪イケメンです。イケメンだからって性悪でもいいんですか。星野さん、どうですか？」

どうですかと意見を求められても非常に困る。

その性悪イケメンのカテゴリには、柊夜さんも含まれてしまったようだ。当たらずも遠からずなので、妙に説得力がある。

モテない玉木さんにとって、イケメンとは敵でしかなく、その凶悪な敵に擦りよる女性たちは食いものにされる哀れな子羊といったところなのだろう。

私こそ凶悪な鬼神に孕まされた無知な獲物というわけで、図星なので耳が痛い。

「玉木さんってば、偏見ですよ。女性のほうも顔だけを見ているわけじゃありませんから。それから結婚したら顔の造形はどうでもよくなります」

職場でイケメン上司を捕まえた勝者とうらやまれている私だが、家庭内では夜叉の旦那さまを抱えて苦悩しているわけである。

しかも鬼神の羅刹が略奪愛を匂わせてくる。

鬼神が性悪イケメンという称号には賛同するが、誰かを選んで結婚すればすべてが丸く収まるわけではないのだ。

結婚により、戦いに終止符が打たれると思わないほうがよい。むしろ、新たな戦いの幕開けと捉えるべきだ。

そのとき、がたんと音を立てて羅刹が席を立ち上がる。

彼に群がっていた女性たちは、いっせいに口を噤《つぐ》む。

驚いた玉木さんの体が、びくりと飛び上がった。

性悪イケメンは敵ゆえに、玉木さんは恐れているらしい。それならもっと声をひそめてくださいね……。

「玉木さんの言う通りだね。誰かひとりを選べば、この不毛な戦いに決着をつけられる」

妖艶に微笑んだ羅刹は、玉木さんの意見に同意した。この場で誰かとの交際を宣言するのだろうか。

息を呑んだ女性たちは、爛々《らんらん》と目を輝かせる。

ひたりと、羅刹は私に目線を定めた。

「僕は星野さんと、お付き合いしたいな」

しん、とフロアが静寂に包まれる。

私の体はまるで石像のように固まり動けない。

一瞬ののち、驚愕の声が響き渡った。

「どうしてよりによって星野さんなの!?　神宮寺さん、もしかして知らないのかしら。星野さんは鬼山課長と結婚してるのよ」

「もちろん、それは知っていますねえ」

「だったら、どうして!?　星野さんはおひとりさまを装って、ちゃっかり課長と結婚したくせ者よ！」

「そうよ、べつに美人でもないのに、どうしてイケメンは星野さんばかりを好きになるわけ!?」

　言われ放題だが、柊夜さんとは政略結婚であり、羅刹は鬼神の眷属という事情が挟まっているのである。それをみんなに打ち明けられないのが切ない。

　それにしても、いったい羅刹はどういうつもりなのだろうか。柊夜さんに対抗したいのなら彼の前だけで主張すればよいのに、社内で堂々と私を交際相手に指名するだなんて、火の粉を撒き散らすも同然である。

　生贄のごとく輪の中心に捧げられてしまった私の目眩がとまらない。

　詰め寄る女性たちに、羅刹は麗しい容貌をきりりと引きしめて言い放つ。

「相手の肩書きや外見で恋するかどうかを判断するわけではありませんから。恋心って、そういうものでしょう」

　再びフロアが水を打ったように静まり返った。

正論だ……。説得力のある羅刹の発言に誰も言い返せず、女性たちはうつむく。

けれどそれは略奪愛も厭《いと》わないというわけで。

柊夜さんがこの場にいなくてよかった。もし彼がいたなら、収まりがつかなかったところだ。

この空気に耐えきれなくなった男性社員たちはフロアから、忍び足で脱出しようとしていた。だが出入り口で「ひっ」と細い悲鳴をあげ、慌てて走り去っていく。

何事かと振り返った私は息を呑んだ。

「聞き捨てならない台詞を耳にしたが、どういうことだろうか。神宮寺さんに説明を求める」

鬼のような形相の柊夜さんが私の真後ろに佇んでいた。本物の鬼だけど。

これまでで最強の低音である。地獄の底から響いてきたかのような柊夜さんの声に、なぜか玉木さんがこっそり私の背後に身を隠した。

最悪の状況を生み出した責任の一端は玉木さんにもあると思うんですけども？

悠然とした微笑を浮かべた羅刹は臆することもなく、女性たちの輪を抜け出す。

彼は堂々と胸を張り、柊夜さんと対峙した。

「僕は星野さんを花嫁にします。どんな手段を使ってもね」

「貴様の浮ついた性分は承知している。明日には戯《ざ》れ言《ごと》だったと、てのひらを返そうが俺は許そう」

「どうかな。案外本気かもしれませんよ。寝取られてもその寛大な心で許してくださいね、鬼山課長」

「ほう。いい度胸だ」

ふたりの鬼神は一歩も引かず、火花を散らす。

幕を開けた新たな戦いは、ついに部署内に知られることとなってしまった。

間に挟まれた私は鬼ににらまれた蛙《かえる》のごとく、身動きがとれない。

私たちを取り囲んだ女性たちが行く末を見守るなか、背を丸めた玉木さんはフロアの出入り口へと向かう。

「イケメンはなにを言っても認められるんだからなぁ……ぼくに人権はないのか、まったく……」

玉木さんにとっては、のけ者にされたように感じられたらしい。

そのとき彼の背に、ふっと黒い靄《もや》のようなものがくっついた気がした。

「えっ」

驚いた私は目を見張るが、すでに玉木さんは廊下の向こうへ去っていた。

今のは、なんだろう。なにかの影と見間違えたのだろうか。

確かめたかったが、柊夜さんと羅刹に腕をとられて会議室へ連行される。

両脇の鬼神がにらみ合っている狭間で食べるお弁当はまったく味がわからない。圧迫感がすごい。

「あかり。俺の玉子焼きをやる。好きだろう？」

「あかり。このお茶を飲んでみなよ。僕がブレンドした美容にいいお茶なんだ」

生返事をしつつ、ふたりの好意を受け取る。

このふたりは、むしろ仲がよいのではあるまいかと思い始めてきた。妙に息が合っている。なにより、ふたりとも私を花嫁にしたいという奇特な好みである。さすがは鬼神というべきか。

それにしても、先ほど玉木さんに襲いかかるように差した影が気になる。

性悪イケメンたちにちやほやされるという、悪夢のごときお昼休みをようやく終えた。

やがて玉木さんも、企画営業部のフロアに戻ってきたのを見届ける。

私はデスクからそれとなく彼の様子を観察した。

特に変わったところは見られない。相変わらず玉木さんは猫背でパソコンを見つめている。電話対応するときは呪いをつぶやくような小声だ。いつも通りである。

だが羅刹と業務について話しているとき、玉木さんはしきりにこめかみに手を当てていた。彼の癖《くせ》だろうか。

やがて終業時間を迎えた。

私は時短勤務ではあるのだけれど、お迎えが遅れることをすでに保育園に連絡して残業という形にした。

玉木さんは頭痛でもするのか、額を押さえながら早々にフロアを出ていく。そのあとを追うように、羅刹も退勤していった。

なにかが起こりそうな気配を察知した私は、柊夜さんのデスクへ赴く。

「鬼山課長……ちょっと、気になることがあるんですけど」

「神宮寺のことか、玉木のことか、まずはそれを聞こうか。俺はきみの目線がほかの男を追っていることに非常に立腹している」

眼鏡のブリッジを押し上げた柊夜さんは冷徹に告げる。

私ばかり見ていないで、仕事してくださいね。

ともあれ、見ていたのなら話は早い。柊夜さんもなにか気づいたのではないだろうか。

「玉木さんのことです」

「わずかだが、玉木から瘴気《しょうき》を感じた。なんらかの異変が起こったようだな」

「お昼に玉木さんがフロアから出ていくとき、彼の背中に黒いものが乗ったように見えたんです。もしかして、あやかしでしょうか？」

私にはもうあやかしが見えないはずだけれど、瘴気のかけらとして認識できたのかもしれない。もしも悪いあやかしが玉木さんに取り憑いたりしたら大変なことになる。

私たちも退勤の支度をして会社を出た。

「その可能性は大いにある。とにかく玉木を捕まえよう。まだ近くにいるはずだ」

「玉木さんのあとを、神宮寺さんが追っていきましたよね。彼もなにかに気づき……」

そこまで口にしたら、並び歩く柊夜さんが殺気を漲らせた。

晩秋の木枯らしも凍える夜叉の殺意である。

私は、ごくりと唾を飲み込んだ。

「あかり。俺は今、きみの口から羅刹の名前が出るだけで腹の底が煮える。今、やつの顔を見たら首を絞めかねない」

「そうですか……。ここは現世で柊夜さんは会社の課長なので立場を忘れないでくださいね」

「きみは俺だけの花嫁だ。それは死んでも忘れないでほしい」

「はいはい。死んでも忘れませんから安心してください」

「棒読みだな。本当にわかっているのか？」

「はい。本当にわかっています」

これが社内一と謳われたイケメンの正体である。柊夜さんの嫉妬深さには脱帽だ。今に始まったことではないけれど、しつこすぎるのでうんざりしてしまう。愛が重すぎる。

「まあいい。のちほどじっくり夫婦で話し合おう」

偉そうに許されたが、柊夜さんの言う夫婦の話し合いとは、いかに私を愛しているかと数時間にわたり彼が語る行為を指している。しかも体を重ねながらだ。

あまりにも長いので、途中で寝てしまったこともある。そんなときは翌日に延々と続きを語られ、その執着心に震えを通り越して呆れたものだ。

ごくふつうの人間の女性が仕事と育児で疲れているうえに旦那さまの相手までしなければならないというのは疲労が蓄積するもので、その大変さを少々わかってほしい。

「玉木さんは電車通勤ですよね。駅にまだいるかもしれません」

気を取り直して、会社の最寄り駅で玉木さんの姿を探す。

ところが、とある人物の姿を発見して細い悲鳴をあげてしまった。

帰宅する人並みの中、圧倒的な存在感を誇る美丈夫が改札前で待ち構えていたのだ。

「ふたりとも、遅かったね」

亜麻色の髪とスーツを夕陽に溶け込ませた羅刹は絵画のように壮麗で、通り過ぎる人々の目を引いている。

思わず柊夜さんを押さえるため、両手で腕にしがみついた。

先ほどの台詞を聞いたからには、この場で殺傷事件を起こされてはたまらない。

私の行動を目にし、羅刹は眉をひそめる。柊夜さんは意外にも平静に問いかけた。

「羅刹。玉木はどこだ」

「改札を通ってホームに向かったよ。仕事中に彼から瘴気を感じた。いつの間にか、よからぬものに憑かれてしまったみたいだね」

「やはり、おまえも気づいたか。追うぞ」

玉木さんを追いかけるため、私たちもホームへ向かうことにする。

だが、その前に改札を通るため切符を購入しなければならない。慌てて私が券売機へ並ぼうとすると、羅刹と柊夜さんに挟まれる。

「あかりの分は僕が購入してあげるね」

「俺がふたり分を買う。当然だろう。羅刹は自分の分のみを買え」

「ここは社外だから上司面して命令するのはやめてくれないかな」

「俺はあかりの夫だから彼女の分も負担すると言っている。なにか文句があるか?」

「いちいち関係を強調するのは自信がない証拠じゃないかな?」

あのですね、ここは駅の改札前なんですよね。

玉木さんを見失ったら困るので、無益な争いはやめてほしい。

にらみ合う鬼神ふたりに挟まれて冷や汗をかき通しの私は、ふたりから同じ切符を差し出され、仕方なく両方とも受け取る。

窓口の駅員に不思議そうな顔をされて改札を通り、三人でホームを目指した。

「あ……玉木さんがいましたよ！」

人混みに紛れていた玉木さんの姿を発見する。

彼は項垂《うなだ》れるようにうつむき、ぶつぶつとなにかをつぶやいていた。時折手を広げて、誰かと話すようなジェスチャーをしている。だが玉木さんのそばには誰もいない。

なんだか異様な光景だ。

「あやかしと話しているんでしょうか……？　私には見えませんけど」

「いや、あやかしはいない。玉木のひとりごとだ」

柊夜さんにも、なにも見えていないようだ。

ふいと、玉木さんは電車を待つ列を抜け出した。ひとけのないホームの端へ、ふらふらとした足取りで向かっていく。

私たちもそのあとを追うと、彼のつぶやきが耳に入った。

「ああ、そうだね……ぼくなんか、世界から消えてもいいよね……そうしたら解放される……神になれる……」

掠れた声で淡々と述べるさまは狂気を匂わせる。

ふいに玉木さんは、なにかに操られたように頭をもたげて空を見上げた。

そのとき、彼と対向してホームに電車が入ってくる。

「あっ」

唐突に私の心臓が跳ね上がる。

なんの前触れもなく玉木さんの、その体がぐらりと傾いだ。

電車に轢《ひ》かれることを望むかのように。

ホームに飛び込む寸前、とっさに駆けた柊夜さんが浮き上がる体を抱きとめる。

「うっ、うわあああぁ……はなせえぇぇ……！」

玉木さんの絶叫が、通り過ぎる電車の音にかき消される。

すかさず羅刹が指先で五芒星を描いた。

青白い光を突き抜けた腕が、玉木さんの首の後ろを掴む。

ずるりと黒い物体が引きずりだされた。

羅刹のてのひらに収まるほどのそれは、丸みを帯びたボールみたいだ。手足かと思える小さな突起がばたつくさまは、ぬいぐるみにも見える。その物体は不穏に蠢《うごめ》いていた。

「ピキッ！　ギッギギ……」

「玉木さんに取り憑いていたのは、このあやかしだったんですね」

あやかしが暴れるたびに、がさがさと紙袋が擦れるような音が鳴る。被り物をしているらしい。だから私にも姿が見えるのだ。

真っ黒な袋を取ってあげようと手を伸ばしかけると、羅刹がひょいとあやかしを上に掲げた。

「おっと。さわってはいけないよ。この器の下の本体を見た者は、死ぬと言われているからね」

「えっ!? それじゃあ、このあやかしは……」

「そう、ヤミガミだ。こいつは心の弱い人間に取り憑いて、悪事を行わせるのさ。もっとも玉木さんのような善人は、自分の身を傷つけるという方向へいってしまったようだけれどね」

このあやかしが、会合で話題にあがったヤミガミだったのだ。

羅刹はこともなげに、ヤミガミを握り潰す。

ピキィ……と切なげな悲鳴をあげて、ヤミガミの黒い体は消え去った。器も、その下にあるはずの本体も、塵《ちり》のように消滅してしまう。

羅刹のてのひらから、かすかな黒い煙が立ち上った。

「え……殺してしまったんですか!?」

「いいや。死んだわけでも、消滅したわけでもないよ。散ったんだ。ヤミガミは現世の塵のようなものだから、また現れる」

はらりと、ヤミガミがまとっていた黒い切れ端がホームに舞い落ちる。それも霧のように儚《はかな》く溶けて消えた。

柊夜さんが支えていた玉木さんは、呻《うめ》き声をあげる。意識が戻ったようだ。

「玉木、しっかりしろ」

「う……うぅん……あれ、課長？ それにみなさんも。いったいどうしたんですか」

私たちを見回した玉木さんは、夢から醒《さ》めたように瞬きをした。取り憑いていたヤミガミが離れたので、もとに戻ったのだ。

「きみは貧血を起こして、少々意識を失っていたんだ。偶然通りかかった我々が気づいてよかったな」

「あ……そうだったんですか。ご迷惑をおかけしました。気分はすっきりしているので、もう大丈夫のようです」

立ち上がった玉木さんは直前の記憶が抜け落ちているようだ。何度も首を捻っている。

もしかしたらイケメンに嫉妬した負の感情が、ヤミガミを引き寄せたのかもしれない。

「ぼく……不思議な夢を見ましたよ。それまで神様だったぼくは降格されて、絶望するんです。その悲しみを誰かにわかってほしくて、よくないことをしようとするんですよね……。どうしてあんな夢を見たのかなぁ」

それは操られていたときに見た、ヤミガミの記憶だろうか。

堕落した神と言われるヤミガミの悲しい一片を垣間見たようで、私の胸が引き絞られる。

「自分の気持ちをわかってほしいという思いは、誰にでもありますものね」

「ええ、まあ……でも普段はそんなこと考えないんですけどね。人付き合いなんて面倒ですから」

けろりとした玉木さんは私たちに礼を述べると、次の電車に乗って帰宅した。

彼方へ去っていく車両を見送り、柊夜さんは双眸を細める。

「現代社会の闇だな。ヤミガミは今後も人間の心の隙間にもぐり込むだろう」

「悲しいあやかしですね……」

本当は誰かにわかってほしいのに、その姿を見せようとはしないという矛盾が、現代社会に生きる人々に似ている気がする。ヤミガミが人間に取り憑くのは悪意があるからではなく、己を理解してくれる人を探しているように思えた。

「念のため、俺はほかのヤミガミがいないかホームを見回ってくる。あかりはここで待っていてくれ。すぐに戻る」

「わかりました」

柊夜さんがホームの向こうへ走っていった。

ひとまず事件は落着したことに、安堵の息を漏らす。このあとは保育園へお迎えに行かないと。

そのとき、ぎらりと羅刹が視線を巡らせた。素早く腕を上げた彼は五芒星を飛ばす。

「キキッ」

青い光に撃たれたものは、ぽとりとホームに転落した。

それは小さなコウモリのようだ。黒い羽をばたつかせている。

「どうして撃ったんですか？　かわいそうです」

羅刹が拾い上げたコウモリは、黒い羽に白い斑点がついている珍しい種類だった。

「これは……あいつのしもべか。用意周到なことだね」

独りごちた羅刹に、首をかしげる。

「しもべって……この子も鬼神の眷属の、あやかしなんですか？」

だが、羅刹はすぐにコウモリを空に向けて解き放つ。

小さなコウモリは慌てたように飛んでいった。幸いにも、怪我はなかったようだ。

けれど、その背に五芒星のしるしが刻まれているように見えたのは、目の錯覚だろうか。

瞬いたときにはもう藍の天に紛れ、コウモリの姿は消えていた。

「さあ、どうかな。僕の思い違いだったかもしれない。この世には、あらゆるものが闇に蠢いているからね」

うそぶいた羅刹は口元に弧を描き、踵《きびす》を返す。

こちらに戻ってきた柊夜さんは、去っていく羅刹の後ろ姿を目にして眉をひそめた。

「今、なにかあったか？」

「いえ、大丈夫でした。コウモリをあやかしと見間違えたみたいです」

「それならいいのだが。異常はないようだから、そろそろ帰ろう。悠も迎えを待っているだろう」

「ええ……そうですね」

私たちも帰宅するべく階段へ向かった。

一度だけ振り返ると、ホームの向こうに見える切り取られたような夜空には、静かに星だけが瞬いていた。

第四章　２か月　治癒の手と花嫁の懐妊

ちゅうりっぷ組の扉をそっと開けた私は、室内へ向かって声をかけた。

「お世話さまです。鬼山悠です」

「悠くん、お迎えでーす」

先生の明るい声が室内に響き渡る。

ジョイントマットに手で触れていた悠は、くるりと振り向く。

先生の声につられて、ほかの子もいっせいにこちらを向いた。自分の親ではないか、みんな逐一確認するのだ。

保育所に預けられた子どもたちは親と離れる寂しさに耐えているので、お迎えを心待ちにしているのである。

それも最初のうちだけという話なんだけどね。

「あぶうぅ」

小さな足で駆けてきた悠は、両手を掲げてバンザイをした。

抱っこの合図に応え、私は悠を抱き上げる。

温かくて重みのある悠の体が腕の中に収まる感触に、ほっとした。

たった数時間離れていただけなのに、深い安堵を覚えるのはなぜだろう。

「いい子にしてた？　悠はもう泣かなくなったのね」

入園したての頃は私が先生に預けて去ろうとすると、「ふぇぇ」と涙目になっていたものだ。そして夕方になり迎えに行くと、睫毛《まつげ》を涙で濡らしつつ、怒った声をあげていたのである。

けれどそれも数日のことで、ひと月が経過した今ではすっかり園に慣れたようだ。

「悠くんはとってもおりこうさんでしたよ。今日はたくさんお昼寝できたので、午後は元気いっぱいでした」

歌うように朗々と述べる保育士の先生は、園での様子をつぶさに報告してくれるので安心できた。

先生に「さようなら」と挨拶し、悠の着替えなどが入ったバッグを持って部屋を出る。

園の玄関で悠を座らせ、十二センチの小さな靴を下駄箱から取り出す。

両足に履かせようとすると、悠は靴に、ぺたりと手で触れた。

「う」

「今日はお庭で遊んだの？　楽しかったね」

まだ小さいので短い時間だけれど、園庭で遊ぶこともある。悠はなんにでも興味を持ち、いろんなものに手で触れようとするので、先生たちも大変だろう。

危険なものを子どもにさわらせないよう注意を払うのは、とても神経をすり減らすことだと、自分が親になって初めて知った。

子育てをしていると苦労も多いけれど、それらは子どもを抱いたときの柔らかさや温かな重みですべて昇華された。

子どもに靴を履かせるというなんでもない日常さえ、たまらない幸福を感じられる。

そう思うのは、私がこれまで寂しい人生を送ってきたからなのかな……。

「悠は私の宝物だよ。大好きだよ」

感極まり、ぎゅっと抱きしめる。

悠は私とほっぺたをくっつけながら、平然として外に目を向けていた。

まだママの愛が理解できないようだね……。

少々恥ずかしくなった私は、悠を抱きかかえて玄関を出た。

「ヤシャネコ、いるのよね？」

小声で囁き、辺りを見回す。

あやかしの見えなくなった私にヤシャネコの姿は認識できず、声も聞こえない。

けれど変わらず悠と一緒に登園してくれているはずだ。

ふと悠は私を見ると、こう言った。

「なーな、なあ」

「いるの？　それならいいけど」

「なあ、なあ、あぶぅ」

悠にはヤシャネコが見えているわけだが、まだお話しができないので状況がよくわからずもどかしい。

でも、いてくれると信じよう。

「今日もありがとう。ヤシャネコ」

小さくつぶやいた私は、悠を自転車のチャイルドシートに乗せてベルトを締めた。

送り迎えのために購入した自転車は、ハンドルの前方部にチャイルドシートがついている前乗せタイプだ。

一歳の幼児といえど、体重はすでに九キロほどある。生まれたときには三キロだったが、瞬く間に子どもは大きくなっていく。

自転車に乗せるときは車体が傾かないよう、いつも緊張する。もう少し大きくなったら、後ろ乗りのチャイルドシートに替える予定だ。

「わあ、風が気持ちいいね」

自転車を漕ぐと、爽やかな風が吹き抜けていく。

保育園から自宅マンションまでの道のりは、河原沿いの遊歩道を通れるので自然の林や川があり、四季の美しい景色を眺めることができた。

ここを初めて訪れたのは、会社の飲み会の夜だった。雨の中、柊夜さんと手をつないで通ったことを懐かしく思い出す。

ふと、シートに座っていた悠が顔を上げた。

「あぁうあ」

彼は手を掲げて、懸命になにかを訴えている。

「どうしたの、悠」

自転車を止めた私は振り仰いでみたが、そこには木々が立ち並んでいるだけだ。

木立からは、かすかに鳥の鳴き声が聞こえる。

「あっ……」

視線を巡らせると、樹木の根元になにかがあるのを見つけた。かすかに羽を震わせているそれは、鳥の雛《ひな》らしい。

自転車から降り、悠をチャイルドシートから下ろす。すると悠は、雛めがけて駆けていった。

私も悠の後ろから、かがんで見てみる。

小さな茶褐色の雛は、きつく目を閉じていた。体を横倒しにして脚を投げ出し、だらりと広げた羽が震えている。

この子の命は、もはや尽きようとしているのだった。

「かわいそうに。巣から落ちたのかしら……？」

見上げると、無数に張り巡らされた枝の狭間に、ひとつの鳥の巣を見つけた。

あそこから落下してしまったのかもしれないが、巣はかなり高所にあり、とても手が届かない。

そのとき、枝の先に小鳥が姿を見せた。

鮮やかな橙色の頭に茶色の羽は、コマドリの特徴だ。もしかすると、この子の親鳥かもしれない。

期待に胸を弾ませたけれど、こちらを見下ろしていたコマドリはすぐに木々の間に隠れてしまった。

がっかりして、落ちた雛に目をやる。

雛はもう動いていなかった。

「あぶぅ」

じっとその姿を見つめていた悠が、雛に手をかざす。

その瞬間、ふわりとした光が雛の小さな体からあふれた。

「……えっ？」

柔らかな輝きは陽の光を受けたシャボン玉のように軽やかだ。

幾重にも広がる七色の光はとても小さなものだったけれど、慈愛を感じさせた。

悠が手を引くと、雛の体に光が吸い込まれるように、すうっと消える。

すると、動かなかったはずの雛が身じろぎをした。

「……ピ……ピ……」

「よかった！　まだ生きていたのね」

この子の命は尽きていなかったのだ。

悠と笑顔を交わした私は、ハンカチでそっと雛の体をすくい上げる。

このままにはしておけないので、ひとまず家に連れて帰ろう。水や餌《えさ》を与えて養生させたら、回復するかもしれない。そうしたら、きっと巣に帰れる。

「この子をうちに連れて帰ろうね。休ませたら元気になって、おうちに帰れるよ」

「ん」

悠は両手を差し出した。雛を自分で抱いていたいようだ。

「大丈夫？　そっとね」

ハンカチに包んだ雛を悠に預ける。しっかりと持っているのを確認して、悠を自転車のシートに乗せる。

私は再び自転車を漕ぎだす。

悠の手元からは、ふわりふわりとシャボン玉のような淡い光がこぼれ続けていた。

マンションに帰宅した私は雛のために、空き箱にタオルを敷いて巣を作る。

「できたよ、悠。雛をここに入れてあげて」

リビングのテーブルにハンカチごとのせた雛を、悠はじっくりと見つめていた。

ふと私は違和感を覚える。

先ほどは死にかけていたはずの雛だが、すでに身を起こしている。つぶらな黒の瞳をぱちぱちと瞬かせていた。

それだけではなく、なんだか雛の体が大きくなった気がする。

外で見たときにはぼろぼろだった茶褐色の毛は、ふわっとしてツヤが出ていた。

「気のせいかな……。それに、さっきの光はなんだったのかしら。もしかして、この雛は特別な力を持ったあやかしだとか……？」

私にはもうあやかしが見えないはずだけれど、鬼神に匹敵するほどの能力を持つ種族だったら、ふつうの人間にも見えるのかもしれない。みすぼらしかった雛が成長したら白鳥だったという成功譚はありえることだ。

「この子は成長したら白鳥とか、もしかして鳳凰《ほうおう》になったりして。ねえ、悠」

「あぶぅ」

そう思うと希望が湧いてきた。

ただの人間の私も、柊夜さんや悠のそばにいることで、半永久的に神気を得られるかもしれない。家族と同じ世界に居続けられる能力が備わるかもしれないのだ。

未来は変えられる。死を迎えるはずだった雛が不思議な力を発揮して、よみがえることができたように。

「そうだ、水を飲ませてあげないとね。それからお粥《かゆ》を冷まして、ごはんも食べさせてみようか」

俄然《がぜん》やる気が出た私はスポイトを用い、雛に水をやる。

雛は大きな口を開いて水を飲んでくれた。

さらにキッチンに立ち、鍋に米を煮込んでお粥を作る。

「悠、その子を見ていてね」

雛が珍しいのか、悠はまた手を伸ばしていた。

けれど掴むようなことはせず、そっと羽にさわっている。

「ピ……」

巣箱の中で、つぶらな瞳の雛は小さく鳴いた。

柊夜さんが会社から帰宅すると、私はさっそく雛の話をした。

ところがネクタイのノットに指をかけていた彼は顔色を変える。

「なんだって？　その雛はどこにいる」

「リビングで悠が面倒を見ていますよ」

硬い表情を浮かべた柊夜さんがリビングに入る。

部屋の隅では、かがんだ体勢で悠が巣箱を覗き込んでいた。雛が夜に眠れるように と、巣箱にはタオルをかけて半分を覆っていた。

子どもがおとなしいときは悪戯をしているのがお約束なので、どきりとしたけれど、悠は手を出さずに見ているだけだ。初めて世話をする雛に興味津々なのだろう。

なぜか柊夜さんは、きつい声音で命令する。

「悠。パパに雛を見せなさい」

「ばぶ」

顔を上げた悠は、私たちになにかを教えるように巣箱を指差した。

そっとタオルを剥いで、中を覗く。

雛は丸い体をじっとさせて座っていた。体力を回復させているようだ。

犬猫とは違い、眠るときでも鳥は体を横たえたりはしない。鳥が横倒しになっているということは死ぬときなのだ。あのときの雛は瀕死だったのだと改めて思う。

雛の状態は良好に見える。コマドリは動物食なので虫が主食だが、この子はお粥を食べてくれた。きっと特別なあやかしなのだ。

しかも、雛の頭がうっすらと橙色に変わっている。

「もう毛が生え替わったのかな。体も保護したときより大きくなった気がするし、やっぱりこの子はすごいあやかしなのかも」

声を弾ませる私に対し、柊夜さんは怪訝そうに双眸を細める。

雛を見下ろした彼は淡々とした声音で訊ねた。

「瀕死の雛に悠が手を触れさせたとき、淡い光を発したと言ったな?」

「はい。でも、悠が触れたからというより、たまたまさわったときに雛が光ったんです。悠が邪魔しようとしたわけじゃないですよ」

悠は雛をじっと見つめている。雛は小さな瞳を、ぱちぱちと瞬かせた。

わずかな沈黙が流れる。

柊夜さんが、突然衝撃的な言葉を発した。

「あかり。この雛は、すでに死んでいたはずだった」

私は、ぱちりと瞬きをひとつした。目の前の小さな雛のように。

柊夜さんがなにを言おうとしているのか、わからなかった。

この子はこうして生きているのに、なにを疑っているんだろう。

「そう……かもしれませんね。でも、この子の能力で生き返ったんですよ。だって不思議な光を発してから、ここまで元気になったんですから。もしかしたら正体は鳳凰だとか、すごいあやかしだったりするんじゃ……」

「コマドリだ。わずかに妖気が感じられる。おそらくあやかしの子孫だろうが、蘇生するような特別な能力はない」

すべてを否定する険しさに、私の顔から笑みが抜け落ちる。

希望を粉々に砕かれた気がして、ぽっかりと胸に穴が空いた。

「え……でも……」

「雛を生き返らせたのは、悠の能力によるものだと考えられる。悠は神気の量が尋常ではない。雛自身が光ったのではなく、悠の手から光が発せられたんじゃないか？」

思い返してみると、そうだったかもしれない。

自転車で帰宅するときも悠はずっと雛を抱いて、淡い光がこぼれていた。

「だとしたら……悠には人間とは違う、特殊な能力があるということですか？」

自分で口にして、なにを言っているのだろうと思った。

私の夫は鬼なのだ。

彼との間に生まれた子がふつうの人間ではないことくらい、容易に想像できた。一般的な家庭には起こらない問題が生じることも、覚悟していたつもりだった。

けれどあまりにも日々の暮らしが平穏で満たされていたので、この幸せがずっと続くのだと勘違いをしていた。

青白い月のように冷徹な柊夜さんの容貌を真正面から見た私は、今の疑問を発したことにより、彼の心の奥底を傷つけたことを察した。

こうなることを承知で俺との子を産んだのだろうと、眼差しは語っていた。

だが柊夜さんは私の失言を責めることはしなかった。

「……治癒能力と推察される。俺も子どもの頃から五芒星を作り、青白い光を発して石を砕いたり、動物を操るなどあらゆることができていた。生き物を回復させることはできなかったけれどね」

私の背筋が震えた。

悠は、柊夜さんをも凌《しの》ぐ大きな力を備えているのだろうか。まだ小さくて、意思の疎通も覚束ないほどなのに。

そういえば、悠はたびたび物に触れていた。単なる赤子の好奇心だと捉えていたけれど、もしかして、本能的に能力を試そうとしていたのか。

「あうー」

先ほどもそうしていたように、悠は雛に向かって手をかざす。

とっさに私は鋭い声を発した。

「駄目っ！」

びくっと体を跳ねさせ、悠は硬直した。驚いた顔が、みるみるうちにゆがむ。

「うぎゃあああぁ……」

盛大に泣きだしてしまった。

どうしよう。泣かせるつもりじゃなかったのに。

上向いて口を開け、大泣きしている悠を柊夜さんは抱き上げた。

「あかり。今日は休むんだ。悠は俺が寝かしつける」

「……はい」

子どもに重大な問題が生じたとき、親はどういった対応をすればいいのだろう。

悠の将来は、どうなってしまうのだろう。

なにが正解なのかわからない。考えるほど気分が滅入ってしまう。

私は泣きわめく悠を柊夜さんに任せて寝室へ入った。

扉の向こうからは、まだ悠の泣き声が聞こえている。柊夜さんがあやすように、何事かを話しかけている低い声音が耳に届いた。

結婚してから、うまくいかないときは多々あった。

私の頭痛がひどいのに悠がぐずっていて、そんな日に限って柊夜さんの帰りが遅いとき。くだらないことで柊夜さんが私を悪者にして喧嘩になったとき。

そんなときはいつも、『柊夜さんのせいだ』と心の中で決めつけてしまう。

今だって、柊夜さんが雛の能力を否定したからこうなった。

卑怯にも私はなにか問題が起こると、すべての原因を作った柊夜さんを密かに責めているのだ。

でもそれは、私の勝手な言い分だとわかっていた。

私たちは想いを通じ合わせて、悠を無事に出産することができた。それ以上の幸福なんてあるだろうか。

柊夜さんにはとても感謝している。おひとりさまだった私に彼が声をかけてくれなければ、きっと私は生涯孤独な人生を送っただろう。

そう思っているはずなのに、過程を投げ捨て、事の始まりを作った柊夜さんにすべての責任があるかのように恨んでしまう自分の卑しさが情けない。

寝室に立ち尽くした私の頰を、幾筋もの涙が伝う。

あの雛をただのコマドリだと指摘されて、それを特別な能力を持たない人間である自分と重ねたから、私自身のことを否定されたような気になった。そんなことは私の勝手な思い込みなのに。

気がつくと、悠の泣き声はやんでいた。柊夜さんがミルクを飲ませて寝かしつけたようだ。

ややあって、静かに扉が開かれる。

「休んでいなかったのか。悠はリビングに寝かせた。あとでこちらに連れてこよう」

「柊夜さん……私って、駄目な母親ですね……」

「そんなことはない。きみはよくやってくれている。悠とふたりきりでいる時間も長いから、育児で疲れているだろう。明日は土曜で会社も保育園も休みだ。ゆっくり休暇を取るといい。俺と悠は、あの雛を親元に帰してくる」

ポケットからハンカチを取り出した柊夜さんは、泣いている悠にそうするように、私の顔を拭った。

なんの匂いもしない無地のハンカチは、初めて私たちが体を重ねた夜に借りたものだった。

「雛を、巣に戻せますか……？」

「親らしきコマドリが顔を見せたんだろう？　子は親元に帰すべきだ。雛の体力も回復したようだし、問題ない」

「そうですね。悠は……あの子を救ったということですよね」

「ああ、そうだ。命を救うという、とても尊い行いを彼はしたんだ。明日は悠の手で、雛を帰してあげよう」

柊夜さんと交わす言葉のひとつひとつが、絆となっていく。

私は悠の将来を憂えたけれど、悪いことばかりではないのだ。彼が成長する過程で、丁寧に教えていけばいいのだと、柊夜さんと落ち着いて話すことにより認識できた。

「柊夜さん、ごめんなさい……」

謝罪すると、彼は眉をひそめる。

「なぜ謝るんだ？　謝るより、『愛している』と言ってくれ」

「……今は謝りたい気分だったんです」

また、愛していると言わせるための無限ループに陥ってしまいそうなので、身を寄せてくる柊夜さんの強靱な胸に手をつく。

そんなささやかな抵抗などものともせず、私の旦那さまは精悍な顔を傾けると、唇を重ね合わせた。


翌日、私たちは雛を保護した林へ向かった。

柊夜さんは私を休ませるため、悠とふたりで行くと言っていたけれど、私も同行することにした。

一晩とはいえ面倒を見た雛が、無事に巣に戻るところを見届けたい。それになにより、家族と一緒にいたかったから。

河原沿いの遊歩道は晩秋にもかかわらず暖かな陽射しが降り注ぎ、ぽかぽかして心地よい。寒くないようにと、悠に厚手のベストを着せたけれど、暑がってしまうかも。

柊夜さんの押しているベビーカーを覗くと、悠は雛の入った巣箱をしっかりと抱えていた。すっかり元気になった雛は朝から鳴いていたので、もしかすると早く巣に帰りたいのかもしれない。

「あそこです。あの木の上に巣があるのを見たんです」

私が林の一角を指し示すと、雛は同意するように「ピィ」と鳴いた。

すると、その鳴き声に呼ばれた一羽のコマドリが、木々の隙間から顔を見せる。

昨日と同じ鳥だ。あのコマドリが、この子の親だろう。

きっと落下した雛に私たちが触れたので、どうすることもできずに困っていたのではないだろうか。

「あのコマドリだわ。雛が心配になって、出てきてくれたんですよ」

はしゃいだ声をあげた私は樹木へ近づいた。

柊夜さんはベビーカーを止めると、悠とともに巣箱を取り出す。

仁王立ちになった悠は奮起するように木の上を見上げて、小さなてのひらにのせた雛を捧げた。

「ばぶっ」

まるで、子を返しに来たと言っているようだ。

もしかしたら悠は雛を手放したくなくて泣いてしまうかもという考えが頭を掠めていたけれど、雛をおうちに帰そうと思っていてくれたことに、心が温まる。

だが、そんな私の心を冷淡な台詞が容赦なく踏みにじった。

「なにか、ご用でしょうか？　鬼神さま」

女性のものと思しき声が迷惑そうに吐かれた。

周囲には誰もいない。声の主は、枝に止まってこちらを見下ろしているコマドリだった。

柊夜さんの指摘通り、コマドリたちはあやかしか、その子孫なので言葉を話すのだ。彼女は鬼神の存在も理解しているようである。私にも声が聞こえているのは柊夜さんがそばにいるせいなのか。

「おまえが、この雛の親か？　昨日は死にかけていたようだが、回復したので返しに来た」

「まあ……返さなくてけっこうです。それはひどく小さくて、能力も低いようなのでいりません」

情のかけらもない返答に、私たちは沈黙した。

ずしりと石を詰め込まれたように胸がつかえて、呼吸ができなかった。

コマドリはなにを言っているのだろう。

この子が、期待通りの子どもではなかったから、いらないというのだろうか。だから昨日も見下ろしているだけで、なにもしなかったのか。

なにかの間違いであってほしいと願いつつ、私はおずおずと言葉をかけた。

「あの……この子は昨日より、少し大きくなったんですよ。ほら、ここにあなたと同じ橙色の毛が生えているでしょう？　きっと成長も早いはずです」

しかしコマドリは、つんとくちばしを背《そむ》けた。

雛は黙って木の上の親鳥を見つめている。その黒い瞳は瞬きすらしなかった。

「わたしの子ではありません。ほかの子たちはみな巣立ちましたから。わたしの子なら、こんなにいつまでも貧弱なままのはずがありませんよ」

「だから巣から落としたのか？」

柊夜さんの厳しい声音に、はっとした私は彼の顔を見た。

次に、ひたむきにコマドリを見上げている悠と、彼の手の中にいる雛におそるおそる目を向ける。

小さなふたりも聞いているのに、陰惨な事実を浮き彫りにしてほしくない。

コマドリに、どうか否定してほしい。

けれど、そう願う私の想いは虚《むな》しく空を切った。

「なにか証拠でもあるんですか？」

「証拠はないが、今のおまえの証言から、雛がおまえの子であることは明白だろう。親ならばどんな子どもでも愛するべきではないのか」

突如、コマドリは金切り声のような鳴き声を響かせた。柊夜さんの言い分に腹を立てたようだ。ばさりと羽をはばたかせ、飛び立っていってしまう。

去っていく姿を呆然として見ていた私は、親鳥が雛への責任をすべて放棄して、逃げたことに気がついた。

川面の向こうに消えていく親鳥を目で追った雛は、「ピー……」と寂しげに鳴いた。

私の胸にやりきれない憤りが込み上げる。

許せなかった。自分が産んだ子どもを愛せない親がいるなんて、信じたくなかった。

私自身が両親と縁遠く、愛情を受けられなかったので、なお責任感のない親を許せない思いが強かった。

「ひどい……」

拳を震わせる私に、柊夜さんは冷静に説いた。

「野生の者たちは子孫を残すことに対してときに非情なのだ」

「それでも、ひどすぎます！　子どもが聞いているのに、あんなにはっきり言うなんて。子どもの気持ちはどうなるんですか」

「正論をぶつけた俺も悪かった。説得してどうにかなる親ではなかったようだな。……子どもたちにはかわいそうなことをしてしまった」

あの親鳥は、雛を自分の子と認めなかった。それどころか、子どもの死を望んだのだ。育てにくいという理由で。

私も親として、ふつうとは違う子どもの将来に不安を覚える気持ちはわかる。けれど、コマドリは無慈悲に子を捨てた。そこに葛藤があってほしかった。事情があったのだと、せめて子どもに納得してもらうために。

「ばぶぅ……」

雛を抱きしめた悠は、守るように顔を伏せる。

そんな悠のそばに膝をついた柊夜さんは、彼に言い聞かせた。

「悠、よく聞きなさい」

「あう」

「雛は巣に戻せなくなった。この雛の命をつないだのは、おまえだ。その責任を取らなければならない。わかるか」

一歳の悠に難しいことを言っても、理解できるわけがない。

悠は不思議そうな顔をして父親の顔を見つめた。

「雛が死ぬまで、おまえが責任を持って世話をするんだ。できるか？」

「ん」

表情を引きしめた悠は、ぎゅっと雛を抱きしめる。

どうやら、雛を巣に戻せないこと、うちで飼うしかないことがわかったらしい。

この子を放置するなんてできない。私たちが拾ったのだから、命に責任を持つのは当然のことだ。

「この子は、うちの子にしましょう。私も世話を手伝いますね」

「そうだな。悠もわかってくれたようだし、家に連れて帰ろう。雛は今日からうちの子だ」

柊夜さんは〝うちの子〟と噛みしめるように言ってくれた。

この子は我が子も同然なのだ。たとえ親に見捨てられた小さな雛であっても、大切な命だと、柊夜さんと思いを共有できたことが嬉しかった。

死ぬはずだった雛が生きられたのは、きっとこの子が生きる運命を持っているから。親に愛されなくても、いずれ誰かと愛し合うことができる。私がそうであったように。

特別な力がなくてもいい。誰かを愛するという、ごく当たり前の優しさを持っていたら、それでいい。

雛との出会いを通して、私は穏やかな気持ちに至ることができた。

林をあとにした私たちは帰途についた。

「この子の名前を考えてあげないといけませんね」

「あやかしの血を継いでいるから、夜叉のしもべらしい名前にするか。〝コマ〟はどうだろう」

「どこが夜叉のしもべらしい名前なんでしょう……。コマドリの頭文字《かしらもじ》を取っただけですよね」

柊夜さんのセンスのなさに笑いがこぼれる。

夜叉のしもべとなった雛はまるで賛成するかのように、「ピ」と鳴いた。

「こいつも、コマでいいと言っている。よい名前だろう。なあ、悠」

「ばぶ」

守るように雛を抱いてベビーカーに乗っている悠に、私は微笑をこぼす。

雛の名は、コマに決まった。

我が子が、優しい心を持っていてよかった。

心からの安堵を覚え、新たな家族が増えたことに喜びを感じた。

新たな家族――。

私の脳裏をふと、とあることがよぎる。

まだ月経は訪れていない。病院へ行ってみようかと思っては、日常の忙しさに紛れてしまい、後回しになっている。

どうしよう。やはり、はっきりさせたほうがいいのだろうか。

悩んでいると、ベビーカーを押していた柊夜さんがさりげなく声をかけてきた。

「そういえば、あかりにプレゼントしたいものがある」

「え……私のものはいいですよ。服とか靴とか、悠のを買ってあげてください」

独身の頃とは異なり、買い物に行っても自分のものより、つい子どもの服を購入してしまう。育ち盛りなのですぐにサイズが変わり、一歳児の服はワンシーズンで着られなくなってしまうのだ。

悠は男の子なのでまだキャラクターのトレーナーくらいで済んでいるが、もし女の子だったなら、フリルやレースをふんだんに用いたお姫様のような衣装で着飾らせたかもしれない。

もし、次の子が、女の子だったなら……。

なにも知らない柊夜さんは、ゆったりとした笑みを浮かべた。

「まあ、そのうちという話だ」

「無駄遣いしないでくださいね。すぐに必要なのは、コマの止まり木ですよ。鳥かごがあったほうがいいのかしら」

「そうだな。まずは鳥かごを購入しようか」

話しながら住宅街を歩いていると、とあるものが私の目にとまる。

柘植《つげ》の陰からじっとこちらを見ているのは、灰色の毛をした子犬だった。

子犬の鋭い眼差しに、なんらかの意図がある気がして首をかしげる。

だが、私たちが柘植のそばを通りかかると、すっと子犬は隠れた。

夕陽を溶かしたような黄金色の、珍しい瞳の色をした子犬だった。この家で飼っている犬なのだろう。

視線を移した私は、すぐにその子犬のことを忘れた。

さっそく購入した鳥かごがリビングの隅に置かれることになったけれど、コマはまだ雛なので、しばらくは空き箱で作成した巣箱が家になるようだ。

悠は疲れたのか、ぐっすりと布団で寝入っている。

バンザイしている腕のすぐそばに、コマは小さな体を丸くして眠っていた。

自ら巣箱から出て、悠の隣に来たのだ。

こんなに小さい雛なのに、悠が恩人だとわかったのだろうか。今日あったことを思い返すと、切なくなってしまう。

親に見捨てられたコマが寂しい思いをしないよう、悠とともに愛情を持って育てよう。私はそう心に決めた。

ふたりの寝顔を見ていると、柊夜さんが私の後ろから覗き込んできた。

「今回のことで、悠は命を守ることの尊さを学べたのではないだろうか。治癒の手を持つ者にふさわしい経験をしたのではないかと俺は思う」

悠の能力は〝治癒の手〟という名称がつけられた。死にかけた生物すら治癒できるという素晴らしい力だ。

人間と鬼神のクオーターなので、これまでの鬼神とは違った方向性の能力が顕現したのかもしれない。

我が子がすごい才能を持って生まれたことは喜ばしいのだけれど、親としては不安もともなう。

「……私は柊夜さんみたいに大きなスケールで考えられないです。悠の能力が知れ渡って、悪いことに利用されたらどうしようとか、今から心配ですよ」

「大丈夫だ。俺たちが悠にきちんと向き合っていけば、この能力を正しく使えるだろう。コマを救ったようにな」

私の肩に手を置いた柊夜さんは、優しい声音でそう言ってくれた。

ふと、胸に湧いた思いをつぶやく。

「柊夜さん……もしかしたら、家族がもうひとり増えるかもしれないです」

「うん？　コマのほかにか」

ゆっくりと柊夜さんに顔を向ける。

彼は不思議そうに長い睫毛を瞬かせていた。

「私……妊娠してるかもしれないんです」

真紅の双眸が見開かれ、やがてそれは喜びの表情に変わる。

柊夜さんは私の体を包み込み、きつく抱きしめた。

「そうか。できたか」

「えっと……まだわからないです。忙しくて確かめる暇がないのと、その勇気が持てなくて」

「では今、確かめていいだろうか」

「えっ？」

抱擁《ほうよう》を解いて笑みを見せた彼は、通勤用の鞄から細長いパッケージの箱を取り出した。

久しぶりに目にするそれは、妊娠検査薬。受精卵が着床するとhCGホルモンが分泌され、尿中に含まれるようになる。検査薬のスティックに尿をかけて、ホルモンの濃度により妊娠したかどうかの判定を行える。

柊夜さんは自ら箱を開けて、体温計と似た形状の検査薬を手にした。

「これ、妊娠検査薬ですよね……？」

「そうだが。最近きみの体に触れると、いつものサイクルと違う感じがしたので、もしかして妊娠したのではないかと予想していた」

「……よくわかりますね」

「無論だ。俺はきみの夫だぞ」

「……それで、柊夜さんが自らドラッグストアで妊娠検査薬をレジに持っていったわけですか？」

私でも妊娠検査薬を購入するのは、ちょっとした勇気が必要だ。

悠を妊娠したときは未婚だった事情もあるけれど、レジのスタッフが検査薬を手に、私の顔を上目遣いで見たときには、いたたまれない気持ちになった。

女性でもそうなのに男性がひとりで購入したら、誰が使うのかと怪訝に思われるのではないだろうか。

眉をひそめる私の問いに、柊夜さんはあっさり肯定する。

「その通りだが。妊娠検査薬の購入には年齢や性別などの制限はない。妻が使用する検査薬を夫が購入したら、なにか問題があるのだろうか」

「問題ありませんね」

「そうだろう。それでは妊娠検査薬を試したまえ」

「はい。わかりました」

鬼上司の本領を発揮させた柊夜さんに検査薬を手渡され、職場でのやり取りと同じように了承してしまう。もはや覚悟を決めて妊娠検査薬を使用するしかないようだ。

そもそも妊娠していたとしたら、胎児はすでに私の体の中で成長しているわけなので、今後の生活を考えるためにも早めに事実を確認したほうがよい。

お手洗いへ入った私は検査薬のカバーを外し、スティックの白い部分に尿をかけた。染み込んだのを確認して、すぐにカバーを戻す。そして手洗い場のそばに、そっと置いた。

「ふう……」

結果は一分ほどで出るのだが、緊張で胸がどきどきしてきた。

悠を妊娠したときは陽性の青いラインが現れた。

あのときは一夜の過ちで孕んでしまったと思っていたので、青ざめて堕胎を考えたことを思い出す。その後、過ちではなく、柊夜さんが計画的に政略結婚を狙ったものであると知らされたけれど。

現在は結婚しているので、陽性なら喜ぶべきだ。けれど、悠が特別な能力を持って生まれたことが明らかになった今、子どもの将来を思うと不安でいっぱいだった。

ふたりめを産んでも、その子も人生を大きく揺るがすような能力があるかもしれない。それは私たちの家庭や、もしかしたら危うい均衡を保っている鬼神と人間の世界を壊すことに至らぬとも限らないのだ。

考え始めると不安に襲われ、検査薬を直視することができない。

そのとき、目の前のドアがノックされた。

「あかり。そろそろ出るんだ。返事は不要だ。鍵を破壊してでもドアを開けて俺は結果を確認させてもらう」

「出ますから！　鍵は壊さないでくださいね」

淡々と述べられる俺様発言に慌てて解錠し、ドアを開ける。

すると柊夜さんが出口を塞ぐようにして、仁王立ちしていた。

真紅の双眸を爛々とさせて見下ろしてくるので、臆した私は思わず検査薬を後ろに隠してしまう。

「説明書には、判定窓に青いラインが現れると陽性であり、ラインが出なければ陰性だと記されている。その検査薬に青いラインがあれば、きみは、俺の子を妊娠している。早く見せたまえ」

「あのう……そんなに迫られると見せにくいんですけど。もし妊娠していなかったら、がっかりしてしまうので……結果を見るのが怖いです」

妊娠していても不安がつきまとうのだけれど、ただ月経が遅れているだけという結果であっても落胆するだろう。

私は、柊夜さんの子どもが欲しいから。

柊夜さんはどうなのだろう。先ほどは喜んだように見えたので、ふたりめを欲しがっているのかもしれないけれど。

すでに数分が経過しているので、検査薬の結果は判明している。

けれど柊夜さんに差し出す勇気が出なかった。

うつむいた私の肩に、柊夜さんは優しく手をかける。

「わかった。では、こうしよう。俺はベッドできみを抱きしめている。きみは抱擁されながら、ふたりで検査薬を確認するんだ。互いの存在を感じながらであれば、どのような結果でもふたりで受け止められるのではないかな」

「その通りですね。それなら結果を見る勇気がもらえそうです」

「では、こちらへ」

柊夜さんに促され、寝室へ向かった。ふたりで体を密着させてベッドに腰かける。

彼は長い腕を回し、私の体をぎゅっと抱きしめた。

熱い唇がこめかみに押し当てられる。肌で彼の吐息を感じる。

やや呼気が荒いので、柊夜さんも結果を前に緊張しているのだとわかった。

ごくりと息を呑んだ私は手にしている検査薬を、そっと胸の前に持ってくる。

「見ますね……」

「ああ。一緒に見よう」

どきどきと胸の鼓動は最高潮に達する。

私はそっと手をずらし、覆い隠していた窓を晒《さら》す。

〝終了〟という表示の窓部分には、青いラインが出ていた。これは、正しく尿がかけられて判定が済んでいるというしるしだ。

そして……ふたりで目にした判定窓には、くっきりと青いラインが刻まれていた。

見間違えようがなかった。太い青の縦線は、私が身籠《みごも》ったことを示している。

「あ……！」

「陽性だ。きみは、妊娠している。俺とのふたりめの子どもだ」

確信を持って言い切った柊夜さんは、いっそう私の体をきつく抱きしめる。

柊夜さんとの、ふたりめの子が、私のお腹に息づいている。

そのことに歓喜すると同時に、不安のかけらが胸に舞い散る。

この子がもし、悠のように特殊な力を持っていたらと思うと心配でたまらない。

けれど、柊夜さんはその憂慮を容易《たやす》く打ち消した。

「ありがとう。俺の子を身籠ってくれて」

私は、たったそのひとことで、救われたのだった。

これまでの懊悩も、そして今後の憂慮もすべて、柊夜さんを愛しているという想いが越えていく。

「柊夜さん……あなたは、私の大切な旦那さまです」

胸に沸き上がった愛しさのままにつぶやくと、柊夜さんは真紅の双眸を細めた。

「俺にとっても、きみは大切な妻だよ」

口づけを交わす私たちは、新たな命を授かったことを喜び合ったのだった。

閑話　夜叉の過去の因縁

人は誰かの親になるとき、過去の懊悩や因縁のすべてを清算しているのだろうか。

あかりの胎内に、新たな命が宿った。俺たちはもうじき、ふたりの子の親になるだろう。

男女がセックスすれば子は作れる。

だが人の親になるには、子を育て、正しく導かなければならない。まさに試練といえるその行為に終わりがあるとしたら、子が結婚して、新たな子が産まれたときと思える。

長い試練に耐えきれず、人の親になることを放棄する者のなんと多いことか。

コマの親鳥がそれだ。あれはただ産んだだけで、親ではない。

しかし、俺自身も苦悩を抱えた身の上なので、偉そうなことを言える立場でもなかった。

あかりには、未だに話していない秘密がある。

それは悠が生まれる前に清算しておくべきことだったのかもしれない。問題の解決を図らなかった俺が悪いのだが、容易に決着がつけられない性質ゆえという事情もある。

――俺は、母を殺した。

先代の夜叉であった父からは、俺のせいで母が死んだと罵倒《ばとう》されたことがあった。

その通りなので弁明することはない。母が死んだとき、そばにいたのは俺だけだったのだから。

俺には誰にも話していない過去の記憶がある。

暗い洞窟の中で、母は赤子を抱いて走っている。その姿を、小学生ほどの年齢になっている幻影の俺はそばから眺めていた。

それは夢のようにおぼろげだ。

彼女は髪を振り乱し、必死になにかから逃げていた。

「絶対に守るからね、柊夜……」

やはり、あの人は俺の母なのだ。

だが幽体のような俺に、母が気づくことはない。

彼女は白いおくるみに包んだ赤子の顔を見ては切なげに目を細める。そしてしきりに後ろを振り返り、恐怖をにじませていた。

何者に追われているのか不明だが、女の足で逃げ切れるものでもないだろう。

やがて赤子の俺を抱いた母は、洞窟の最果てに辿り着いた。

そこは一面、紺碧《こんぺき》の光を帯びた水で満たされている。運河が洞窟内へ入り込んでいるようだ。歩いていける通路はないので泳いで渡るしかないが、誰かが乗り捨てたのか、傍らに一艘《そう》の小舟がある。舟に乗れば、洞窟の外へ出られるだろう。

母は慎重に周囲を確認すると、抱いていた赤子を舟の内部にそっと置いた。そうしてから両腕に力を込めて、船体を押しやる。

女の力でも動かせるほどの小舟は、水面に乗った。

浮かんだ舟に乗り込もうとした母の着物の袂が大きく翻《ひるがえ》る。

そのとき、ほろりと落ちた小さな物体に気づいた母は振り向いた。

「あっ……お守りが……！」

母は袂から転げ落ちようとしたお守りを握りしめる。

その瞬間、眩い落雷が洞窟を白く染める。雷の衝撃が彼女の身を撃った。

目を見開いた幻影の俺は見た。

雷が落ちるとき、お守りから小さな珠が転がったのを。

短い絶叫をあげた母は、がくりと倒れる。それでも彼女は船体に縋りつき、最後の力を振り絞って舟を押し出した。

ひとり小舟に乗せられた赤子は、泣き声をあげている。

洞窟の奥へ消えていく舟を、俺は呆然と見送る。足元には、母の遺体が転がっていた。

「かあさん……」

そう呼んだつもりだが、俺の声は届かなかった。

ただ己の無力さを痛感するしかない、古い記憶だ。

俺は物心つく前から、母の最期を知っていたのだった。

おばあさまの屋敷で育てられた俺は、夜叉の後継者であることを知らされていた。父にも何度か会ったことはある。だが小学生の頃、おばあさまに連れられて初めて入った夜叉の城は居心地の悪いものだった。父子の会話は冷淡な空気しか生まず、俺が生き残ったために仕方なく後継者に据えられたことを理解した。

父と面会するまでは親の愛情をわずかばかり期待していたが、そんなものを望むほうが愚かなのだという事実を突きつけられただけだった。

あの記憶は、なにか意味があるのか。

母を恋しいと思う俺が生み出した妄想なのだろうか。

長年のその疑問がやがて確信に変わったのは、意外なところからだった。

あかりが悠を妊娠していたとき、小学生くらいの男の子に何度も助けてもらったのだという。謎の男子の正体は悠だったと、あかりは話していた。

ということは夜叉の神気により、母親の腹にいる赤子であっても姿を現して、外界に影響を及ぼせるのだ。

つまり、俺も悠のように幻影となって、あのとき母のそばにいた。あれは現実に起こったことだったのだ。

とはいえ、俺にはなにもできなかったわけだが……。

母は赤子を守り、逃がそうとしていた。俺が生まれてさえいなければ、母が死に至ることはなかったはずだ。

こんな男が夫で、子の父親だなどと知ったら、愛想を尽かされてしまうかもしれない。

あかりへの愛しさを募らせるほど、この秘密を決して話せないと心が硬くなる。

だが、夫婦に秘密があってよいものかという迷いもあった。妻に対して誠実でありたい。

それにもし、あかりが母と同じ末路を辿ったらと思うと、問題を放置したままではいけないという懸念があった。

母が拾おうとした、あのお守りはなんだったのか。

雷を落としたのは、赤子だった俺なのだろうか……。

「柊夜さん。考え事ですか？　手が止まってますけど」

あかりに声をかけられ、意識を引き戻される。

キッチンに立っていた俺は、天ぷら鍋を見下ろしていた。鍋の中では、シュワシュワと衣を鳴らした海老が躍っている。

ふと横を見ると、あかりが澄んだ瞳で俺の顔を覗き込んでいた。

どきりと胸を跳ねさせたとき、背後から容赦のない声が飛んでくる。

「おい夜叉、ぼんやりして焦がすなよ！　オレが買ってきた海老なんだぞ」

海老の出来映えを案じた那伽が、リビングから顔を覗かせる。

天ぷらパーティーをしようなどと言い出したのは那伽なのだが、やつは料理を手伝うより子守のほうが得意なようだ。車のおもちゃで楽しそうに悠と遊んでいた。

「調理する者に、いっさいの権限があるのだ。文句を言わずに出されたものを食べろ」

傲岸《ごうがん》に命じて、握りしめていた菜箸を操る。あかりが差し出した皿に揚がった海老の天ぷらをのせていく。

母にまつわることを考えていたので、しばらく天ぷら鍋の前に佇んでいたようだ。

こんなことではいけないとわかってはいるのだが。

「あかり。鍋から離れるんだ。危ないからな」

火傷でもしたら大変だと思い、そう声をかける。

妊娠九週目なので、まだ腹は膨らんでいないが大事な時期だ。

すると、彼女は気遣わしげに見上げてきた。

「でも、柊夜さんのことが心配なので私も手伝います」

「俺は大丈夫だ。少し考え事をしていただけ……」

言い終わらないうち、夫婦の楽しい会話を邪魔する輩が視界に入る。

眉をひそめた俺の不機嫌は沸点に達する。

「ここは夜叉に任せよう。調理中は邪魔されたくないものなんだよ」

歌うように朗々と述べた羅刹は、我が物顔であかりの手をすくい上げた。

間男め。揚げ物の途中でなければ、やつの手を払い落としてやりたいところである。

羅刹は俺をからかうために、わざとあかりを誘惑して見せつけるような真似《まね》をする。

とんでもない性悪だ。物腰が柔らかくて顔がよいため、さらに厄介である。

「俺は羅刹を家に呼んだ覚えはないのだが。なぜここにいる？」

「今日の会合は夜叉の家で天ぷらパーティーだと、那伽が言ったからだよ。僕は鬼衆協会の一員だろう？」

多聞天を主とする眷属であるはずの羅刹だが、忠節という言葉など知らない彼は気ままな鬼神だ。俺が羅刹を鬼衆協会から切り捨てられないと承知の上で、仲間だということを盾に取る言動は小賢しい。

だが夜叉の対となる羅刹を見放すわけにもいかず、現世でも付き合わなければならないので頭を悩ませることも多々ある。上司の言うことをきかない自信過剰の部下を持っているようなものだと割り切っている。

その一方で、彼が何者をも信じられない孤独を抱えている、その心情も理解していた。

神世の支配者のひとりとしてあやかしに傅《かしず》かれ、驚異的な能力を持つ至上唯一の鬼神は誰しもがうらやむ立場だが、実は孤独という檻《おり》に囚われている。

絶対的な存在ゆえに、誰からも理解されず、そしてまた理解されてはならないという面を持つ。

平たく言えば、寂しいのだ。それなのに頼る者がいない。矜持《きょうじ》が高いので甘えることも叶わず、鬼神として毅然とし、鎧《よろい》をまとっていなければならない。

それは同情に値する。

守るものがなかったときの俺もそうだったので、よくわかる。

この虚しさはすべての鬼神が抱えていると言っていい。羅刹もそうなのだ。

だが、羅刹が俺の家族とこの幸せを壊そうとしたときには、躊躇《ちゅうちょ》なく彼を叩きのめすだろう。

「堂々と俺の妻を誘惑しようとする貴様とは、いずれ決着をつける」

「その前に天ぷらと決着をつけなよ。——そうだ、あかり。僕の手土産の紅茶を一緒に飲もうか」

羅刹はあかりの手を引いて、リビングへ向かった。

リビングには那伽と悠、それにコマもいるのである。小さな子どもがいる部屋で、ゆっくり紅茶など飲めるわけがない。

「あ……私はジュースにしますね。カフェインはちょっと控えているので」

「ふうん？　会社ではコーヒーを飲んでいたよね」

「近頃は好みが変わったんです。会社でも飲まなくなったんですよ」

妊婦がカフェインをとりすぎると、赤子の発育不良につながると言われている。一日にマグカップ二杯までならたしなめるそうだが、妊娠が発覚してからのあかりは徹底してコーヒーや紅茶などカフェインが含まれる飲み物を避けていた。

それだけ俺との子を大切にしているからだと思うと、胸に愛しさが込み上げる。

妊娠を羅刹に漏らさないのも賢明だ。

やつの正体は鬼神である。好きな女がほかの男の子どもを孕んでいると知れば、赤子を引きずり出して自分の女にしたいという凶暴性をひそませている。

その傲慢さこそが鬼神たる所以《ゆえん》なのだ。柔らかな微笑の下に隠された羅刹の本性を、俺は知っている。

人間も、そんなものかもしれない。人は誰でも己の醜い性を隠しているのだろう。

今度はカボチャを焦がしそうになり、素早く菜箸を操った。

リビングからは、にぎやかな声が聞こえてくる。どうやらコマが羽ばたいたので、嬉しくなった悠が歓声をあげたようだ。

半妖のコマは言葉を話せないようだが、瞬く間に成長した。茶褐色だった毛はコマドリの模様に変わっている。もはや雛の時期は脱した。

そのとき、あやかしの気配を察知する。俺は双眸を鋭くさせた。

「……ヤシャネコか。今までどこへ行っていた？」

すうっと壁をすり抜けて、ヤシャネコが姿を現した。

あかりが神気を失ってからすぐに、ヤシャネコは家からいなくなった。あかりには見えていないので余計な心配をかけさせないため黙っていたが、風天と雷地からの報告により、ヤシャネコがどこへ向かったのかはすでに知っている。

神世にある、御嶽の屋敷へ呼び出されたのだ。

夜叉のしもべであるヤシャネコは、もとの主に召喚されたら拒否できない。

先代の夜叉が今さらヤシャネコになんの用があるのだ。あの親父は俺に夜叉を譲って隠居したくせに、こちらの動向を探ろうとでもいうのか。

親父の思惑を探るため、それとなく問いかけてみたが、ヤシャネコの目は虚《うつ》ろだった。

「ヤシャネコ、どうした？」

『……柊夜』

久しぶりに耳にするその声に、俺は菜箸を取り落とす。

「御嶽……」

『母を殺したのは、おまえではない』

体が硬直したまま動けなかった。息を殺し、ヤシャネコの口から紡ぎ出された父親の言葉を受け止める。

ふうっと意識を取り戻したかのように、ヤシャネコは金色の目を瞬く。

「あ、あれ？　おいら、どうしてここにいるにゃ？」

いつものヤシャネコだ。どうやら御嶽に操られていたらしい。

ヤシャネコは困ったように辺りを見回している。

「おかえり、ヤシャネコ。夢でも見ていたんじゃないか」

「夜叉さま！　おいら、御嶽さまに会ったにゃ。真紅の瞳を見ろと言われたら、ふっと眠くなったにゃん」

「なるほどな。ご苦労だった。今日はみんな集まっている。おまえがいない間に、しもべが増えたぞ」

「ニャッ!?　それはすごいにゃ〜ん。みんな、かぞくにゃんね」

「そうだとも。あかりにも会うといい。もうヤシャネコの姿が見えているはずだ」

驚くヤシャネコとともに、天ぷらをのせた皿を手にした俺はリビングへ入る。

再び子を宿したあかりは赤子の神気により、あやかしが見えている。ヤシャネコが見えなくなったときはひどく悲しんでいた彼女だが、きっと再会を喜んでくれるだろう。

ふたりめを孕ませたのは、あやかしの世界にかかわらせるためではない。彼女を愛しているから。愛し合った結果により、子ができたのだ。

悠を膝に抱いていたあかりは、こちらを見て息を呑んだ。

「ヤシャネコ……！」

「あかりん、久しぶりにゃ～ん。おいら、ちょっと家出してたけど戻ってきたにゃん」

歓喜したあかりは、悠とまとめてヤシャネコを抱きしめた。

あかりの頭にはコマがとまり、嬉しそうにさえずっている。那伽と羅刹が口々に囃《はや》し立てるので、かなりにぎやかだ。

口元に微笑を浮かべた俺は、幸福な日常を感じて心をほころばせる。

だが胸の奥底では、御嶽に対する不信感を募らせていた。

あの男はどういうつもりだ。

過去には俺と言い争いになった末に、すべての責任が俺にあるかのように罵倒しておいて、今さら母殺しは俺ではなかったというのか。しかもそれをヤシャネコの口を借りて伝えるところが、やつの卑怯さを表している。

御嶽は、なにかを掴んだのだろうか。神世で動きがあったのか？

母を殺したのは、本当に俺ではなかったのか……？

長年降り積もっていた業の一端が、ほどけるような気がした。

わずかな安堵を感じたのは事実だった。

だがそれならば、母を殺した真犯人は、いったい誰なのだ。

一同は天ぷらを摘まみながら、話に花を咲かせていた。

海老にカボチャ、茄子とレンコン、かき揚げもある。さっくり揚げられた天ぷらからは、爽やかな菜種油の香りが漂った。

天ぷらは工程が少ないので一気に揚げれば完成するのがよいところだが、天つゆ派だけではないのが少々困りものだ。

特製の天つゆが入った器を置いているのは、俺とあかりのみである。

羅刹は茄子にケチャップを、那伽は海老にマヨネーズをそれぞれかけている。

こいつらの味覚はどうかしている。結婚したらパートナーに驚かれるぞ。

那伽はたっぷりのマヨネーズをかけた海老にかぶりつき、コマを眺めた。

「悠のしもべはコマドリかぁ。鳥はかわいいからいいよな。俺のしもべなんて水だし」

「僕は那伽の水が最強だと思うよ。というか体を水に変化させられるということは、実は龍王なのは水のほうで、那伽がしもべだったりしてね」

「うるせえな。羅刹のしもべは、タソガレオオカミだろ。あいつ最近見ないけど、どうしたんだよ」

「家出した」

「うっそだろ！」

ヤシャネコの家出に引っかけて、羅刹は飄々《ひょうひょう》と答えた。

「おいらは猫だから、たまに家出するにゃん。でも戻ってくるにゃんよ～」

弁解するヤシャネコの喉を、那伽はくすぐっている。

あかりは笑いながら、スプーンですくったヨーグルトを悠に食べさせていた。彼女にも熱々の天ぷらを食べてもらいたいので、交代しよう。

「あかり。俺の揚げた天ぷらを食べてみてくれ。早くしないと、こいつらに食い尽くされてしまうからな」

両腕を広げると、あかりは悠の胴を持ち、俺に預ける。

なんでもないような仕草に、彼女に信用されていること、そして自分には愛する家族がいることを実感させられる。

「それじゃあ、いただきます」

箸を手にしたあかりは、かき揚げを取って天つゆにつける。

悠の柔らかな体を抱きしめながら、俺は胸に幸せを染み込ませた。

第五章　3か月　消えた後継者と悪夢の果て

穏やかな午後は、ほんの少し冷たい風が吹いている。

ベビーカーに悠を乗せた私は近所の公園まで散歩に出かけていた。柊夜さんが部屋の模様替えをするというので邪魔にならないよう、ヤシャネコとコマも連れて外出している。

先日、柊夜さんと一緒に妊娠検査薬の陽性反応を確認したあと、産婦人科で診《み》てもらったところ、やはり妊娠していた。

現在は妊娠十週である。

超音波で見る赤ちゃんの画像は頭が大きい二頭身体型で、きゅっと手足を曲げているポーズをしており、感動を覚えた。医師の見解によると、性別は女の子らしい。とはいえ、性別を超音波で判断するのは難しいので、妊娠後期にならないと正確にはわからないようだ。

「悠に妹ができるよ。たぶん、妹ってことだけどね」

頬を緩ませつつ、歌うように問いかける。

ベビーカーにお座りした悠は妹が生まれることをまだわかっていないので、きょとんとしていた。

初めての女の子なので、とても楽しみだ。柊夜さんは、さらに溺愛パパになりそうな予感がする。

「娘が生まれたら、柊夜さんはお姫さま扱いしそう。夜叉の姫……夜叉姫《やしゃひめ》かぁ」

妊娠が発覚する前はあれこれと思い悩み、検査薬を試そうかどうしようかためらっていたのに、いざ赤ちゃんができたと知ると嬉しくてたまらない。これからのことに思いを馳《は》せては浮かれてしまう毎日だ。

生理が来ないのでもしかして……と思ったときには、すでに赤ちゃんの脳や脊髄《せきずい》などの神経細胞が形成されている時期になる。最終月経の始まりを妊娠ゼロ週とカウントするので、次の月経が始まるはずの頃にはもう妊娠五週目なのだ。

受精卵が子宮内膜に着床すると、瞬く間に胎児は成長していく。

まだ膨らみのないお腹にそっと手を当てると、愛おしさが胸に広がる。

つわりはほとんどなく体調は良好だ。もっとも、つわりは個人差が大きいらしい。悠を妊娠したときは、つわりで具合が悪くて起き上がれないほどだったな、と思い出す。

けれど、お腹の子の将来を考えると喜んでばかりもいられず、落ち込んでしまうときもある。

娘ができるということは、この子も政略結婚の花嫁となる運命を辿るのかもしれない……。

そんな懸念《けねん》が脳裏を掠めるたびに、私はかぶりを振った。

まだ生まれてもいないのに、案じてばかりではいけない。悠にもお腹の子にも、自分の信じる道を進んでほしい。子どもたちのやりたいことを応援できる親になろう。

ベビーカーに寄り添ってのんびりと歩くヤシャネコは、軽やかな声をかけた。

「おいらがまた赤ちゃんを守るにゃん。悠とコマもいっしょに赤ちゃんを守ってくれるにゃんね～」

「あぶぅ」

悠はヤシャネコに答えるように喃語をしゃべる。ベビーカーのフードにとまっているコマも「ピ」と鳴いた。

妊娠したことで、私はまたあやかしの姿が見えるようになった。お腹の子の神気のおかげだ。

ヤシャネコが見えなくなったときはとても悲しんだので、天ぷらパーティーで再会したあとは、ずっと撫で続けたものだ。

家族がたくさんいる幸せを噛みしめていると、やがて公園へ辿り着く。

休日は小さな子を連れた家族がいることも多いのだが、風があるためか誰もいなかった。空を見上げると、曇ってきたので太陽は隠れている。

「少し遊んだら帰ろうね」

悠をベビーカーから降ろすと、小さな足で駆けるように歩きだす。

まだひとりで遊具を使える年齢ではないので、公園では私が抱っこをしてすべり台を滑るくらいだ。それでも家に閉じこもっているよりは気晴らしになる。

悠は笑顔で砂場の周囲を駆け回っていた。ヤシャネコが悠のあとを追いかけていたのに、逆に追い回されるように背後を取られている。

「ニャニャ！　悠、こっちだにゃん」

喉を鳴らすように笑い声をあげる悠とヤシャネコの追いかけっこを、微笑んで見守る。

コマはシーソーの端にとまっていた。コマもまだ小さいけれど、すっかりコマドリとして大人同然の毛色になり、羽を広げてかなり飛べるようになってきた。

「お腹の子が生まれたら、もっとにぎやかになりそうね」

そうつぶやいたとき、ふと足をとめた悠が木陰を指差す。

「にゃ」

そこには猫ほどの大きさの子犬がいた。灰色の毛をした子犬の瞳は、まるで黄昏《たそがれ》を溶かしたような黄金色をしている。

「あれは猫じゃないにゃん。〝わんわん〟だにゃん」

「にゃ」

かわいらしい子犬は舌を出し、尻尾を振っている。

人懐こそうだが、飼い主はどこにいるのだろうか。

小さな太い脚を進めた子犬は、悠とヤシャネコの周りを飛び跳ねる。一緒に遊びたいようだ。

キャッキャと楽しそうな声をあげて、悠は子犬を追いかける。

ふと、私は公園にある時計を見上げた。

子犬の飼い主が現れたら、それを機に戻ろうか。

柊夜さんは次の子が生まれるからといって模様替えに気合いを入れていたけれど、まだ先の話だから――

「フニャッ」

はっとして、時計から目線を戻す。

そこに広がる静寂に、心臓が冷えた。

「えっ……悠……ヤシャネコ……？」

公園には誰もいなかった。

つい数秒前まで、彼らは笑い声をあげながら走り回っていたはずなのに。

ぞっと背筋を震わせた私は、悠たちがいた砂場に慌てて駆けつける。

そこには子どもの靴痕や猫の足跡が砂に紛れてついていた。だが忽然《こつぜん》と姿だけが消えている。一緒にいたはずの子犬もいない。

シーソーを振り返ると、そこにコマはいなかった。

「どういうこと……？　コマ、悠、ヤシャネコ！　みんなどこにいるの!?」

必死になって公園中を探し回る。

公園には隠れるような場所はほとんどない。わずかな遊具ばかりの小さな公園なのだ。

しかも目を離していたのは、ほんの数秒である。

その短い時間で、私を驚かそうとした悠たちがどこかに隠れたというのだろうか。もしそうなら今すぐに出てきてほしい。それとも誰かにさらわれたのか。しかし、公園内にはほかに誰もいなかった。消えたとしか思えない。

でも、どうやって？

いくら探しても公園内に彼らの姿はなかった。念のため道路に出て、近くの通りを探してみたが、やはり見当たらない。

青ざめた私は、空のベビーカーのそばで立ち尽くした。

私の責任だ……。

親が子どもの安全に気を配るべきなのに、私はそれを怠った。小さな子はすぐにいなくなるので目を離してはいけないと知っていたはずなのに、時計に気を取られてぼんやりしてしまった。

涙がにじみ、唇を震わせる。

まさか、もう悠に会えないなんてことは……。

最悪の結末を想像して絶望しかけたが、はっとした私は震える手でバッグからスマホを取り出した。

このことを柊夜さんに伝えないと。

怒られるのは承知の上だが、子どもの父親である柊夜さんに相談するのは当然だ。

電話をかけると柊夜さんとすぐにつながる。

『あかり、状況を報告してくれ。悠はぐずっていないか？　腹は痛まないか？』

いつも通り仕事の進捗《しんちょく》を訊ねるような口調の柊夜さんは、まだ事態を知らない。

私は一拍おいたあと、声を絞り出した。

「……悠が、いなくなりました……」

声がひどく震えてしまい、うまく言葉が出てこない。

わずかな沈黙のあと、柊夜さんは冷静に聞き返してきた。

『どういうことだ。なにが起こったか、適切に説明してくれ』

「公園で、子犬も一緒にいて、みんなで追いかけっこしていたんです。そうしたら私が目を離した数秒のうちに、みんないなくなってしまいました……」

『なんだと？　ヤシャネコはどうした。コマもいないのか？』

「みんなです……。最後に、ヤシャネコの鳴き声が聞こえました。振り向いたときには、もう……」

私が異常を感じたのは、ヤシャネコの短い叫び声を耳にしたからだった。

あの声は、驚いたときのものだ。一瞬のうちに、なんらかの事態が起こったのだ。

『あかりは公園にいるんだな？』

「はい……私だけ……ごめんなさい、柊夜さん。私……」

『落ち着け。そこにいるんだ。すぐに行く』

そう言い残して柊夜さんは通話を切った。

呆然としてスマホを手にしながら、誰もいない公園を目に映す。

先ほどの光景を脳裏に思い浮かべていると、子犬の姿にふとした既視感が湧いた。

「あの子犬……どこかで見たような……？」

小さな耳を立て、丸々とした、ありふれた姿の子犬だ。

先ほどは気にしなかったが、子犬の瞳の色に記憶の断片を掘り起こす。

あっと声をあげた私は、あの子犬を見かけた場所に思い当たる。

コマを連れて帰る道すがら、柘植の陰からこちらを見ていた子犬と同じ、黄金色の目をしていたのだ。

公園で再び会ったのは偶然だろうか。それとも、なんらかの意図があるのか。

そのとき、公園に柊夜さんが駆けつけてきた。

「あかり！」

猛然と走ってきた彼は、まっすぐに私のもとへ向かってきた。

堰《せき》を切ったように私の目から涙があふれる。柊夜さんに対して申し訳ない気持ちでいっぱいだった。

「柊夜さん、ごめんなさい……私のせいです」

謝罪する私の肩を両手で抱いた柊夜さんは、険しい顔つきをしている。

けれど彼は私を叱ることはしなかった。

「責任の所在を問い質《ただ》すのはあとだ。それより、悠の行方を捜すのが先だ。ヤシャネコとコマも同時にいなくなったんだな？」

「はい。子犬と遊んでいたんです。その子は飼い主がいるわけでもなく、ひとりでその木の陰にいました」

柊夜さんは大股で木陰に向かうと、周辺を覗いた。彼は眉をひそめる。

「妖気が残っているな。その子犬とやらは、あやかしか？」

「わかりません。ふつうの子犬に見えましたけど……前にも見かけたことがあるんです。灰色の毛で、瞳が黄昏のような黄金色だったので、同じ子犬だと思います」

その言葉に、柊夜さんは目を見開いた。

何事かを見極めるかのように、ゆっくりと双眸を細める。

「なるほどな……」

低くつぶやいた柊夜さんは、悠たちが踏みしめていた砂場のそばを注意深く辿った。

まだ痕跡は残されたままだ。円を描いている足跡はどこかへ向かった形跡がない。

だから悠たちは、この場から出ていないことになる。

指先で五芒星を描いた柊夜さんは、てのひらをかざした。

ぽうっと青白く広がる光の輪が足跡を照らし、蛍光色のように輝かせる。

「あ……！」

出現した黒い道に、足跡が続いているのが見て取れた。

公園から切り離された別の空間があり、そこに足跡は踏み込んでいる。

「闇の路に続いている。どうやら悠たちは、あやかしに連れ去られたようだな」

現世と神世をつなぐ闇の路を通ったことは幾度かある。迷ったら最後、出られない
という恐ろしい暗黒の場所だ。

「そうだったんですね。もしかしたら、あの子犬に誘導されたんでしょうか」

「行けばわかる。俺は悠たちを連れ戻してくる」

「私も行きます！」

柊夜さんひとりに任せるわけにはいかない。私もみんなを助けに行きたかった。

力強く宣言した私を、柊夜さんは困ったように見やる。

「あかり、きみは家に戻っていたまえ。腹の子になにかあったらどうする」

「待ってなんていられません。お願いです。一緒に連れていってください」

眉を寄せて難色を示す柊夜さんに頼み込む。

悠がいなくなったのに、ひとりで家にいても心配でたまらないことは容易に想像できた。それにみんながあやかしにさらわれたのは私の責任なのだ。

まだ妊娠三か月なので、安定期に入っていない。子宮が大きくなる刺激で下腹部が痛むこともある。

でもお腹の赤ちゃんも、そして悠も、私の子どもなのだ。コマもヤシャネコも、みんな大事な家族だ。

一生をかけて責任を持たなければならない存在があることを、私はすでに子どもたちから学ばせてもらっていた。

ひたむきに柊夜さんを見つめると、やがて彼は嘆息をこぼす。

「わかった。だが、身重のきみに無理はさせられない。走ることは禁ずる。もしその事態が生じたときには、問答無用で俺が抱きかかえて走るからおとなしく掴まっているように。それだけは約束してくれ」

「わかりました」

「それから、体調が優れないときはすぐに報告したまえ。我慢しても無駄だ。俺は常にきみを監視している」

「わかりましたってば！　柊夜さん、早く足跡を追いましょうよ。今ならまだ間に合うかも」

しびれを切らして足踏みをすると、鋭い双眸でにらまれる。

この状況で喧嘩をしたくはないけれど、悠たちの身が心配だ。

「焦ることはない。犯人の目星はついている」

そう言った柊夜さんは五芒星を刻み、闇の路への入り口を出現させた。

暗い洞穴のような神世への通路は、深淵《しんえん》のごとく闇が深い。

「あかり。俺の腕に掴まっていろ」

「はい」

言われた通り、柊夜さんの腕に手を回す。シャツを通して彼の体温が感じられるので、心強かった。

私たちが闇の路に踏み込むと、闇に呑み込まれてしまったかのように、すうっと入り口が消える。出入り口は鬼神が通ると閉ざされてしまうのだ。

暗闇で柊夜さんが手をかざす。すると、先ほど発見した足跡が青白く浮かび上がる。子どもの靴跡と、複数の動物の足跡が通路の向こうまで連なっていた。

まるで道標のようなその跡を頼りに歩いていく。

「ずっと続いてる……。悠たちは神世に向かったんですね」

「そのようだな。闇の路にとどまっているとは考えにくい。子犬に導かれて出口へ向かっているはずだ。足跡を追っていこう」

残された足跡を辿っていくと、途中で引き返そうとしたのか、乱れている箇所もある。

悠か、もしくはヤシャネコが不審なものを感じたのだろうが、引き返したところで闇の路で迷ったら危険だ。彼らの置かれた状況を考えると、子犬についていくしかないだろう。

ふと、私は足跡に疑問を覚えた。

いつの間にか、大きな獣の足跡が混じっている。

ヤシャネコと子犬は同じくらいの大きさなので、ふたりの足跡は見分けがつかないが、これは明らかに猛獣ほどのサイズだ。肉球の形なので、肉食獣と思われる。何者かが途中から合流したのだろうか。

「出口だ。明かりを目にしても俺の腕を離さないように。もっとも俺が離さないが」

「自己完結してるじゃないですか。もちろん離しませんので、安心してくださいね」

応酬を交わしていると、ふいに眩い明かりが射し込んだ。

ぎゅっと目をつむり、掴まっていた柊夜さんの腕に身を寄せる。

おそるおそる瞼《まぶた》を開けると、そこは鬱蒼《うっそう》とした森の中だった。ついに闇の路を抜けたのだ。

「ここは……神世ですか？」

木々が折り重なる森は薄暗く、どこか陰湿な空気が流れている。

鬼神の居城やその周辺の街しか知らなかったので、このような場所は初めて訪れた。

「そうだ。街から離れている土地は山や深い森などの自然がある。危険なあやかしも多いから俺のそばを離れないように」

「わかりましたってば」

辺りは静まり返っていた。悠たちもここに出たのだろうと思うが、姿は見えない。闇の路を辿ってきた足跡も消えていた。

「悠たちはどこに行ったんでしょう」

「俺に心当たりがあるが……」

柊夜さんがつぶやいたとき、木々の合間を縫って羽音が近づいてきた。

パタパタという小さな音に目を向けると、それは一羽のコウモリだった。

「や、夜叉さま！　あ、あの……」

「マダラか。この辺りで小さな子どもとヤシャネコ、それに子犬を見かけなかったか？」

コウモリは、マダラという名のあやかしらしい。黒い羽に白い水玉模様が混じっている体なので、斑《マダラ》というわけなのだろう。

どこかで見たことがあるコウモリだと思い、首をかしげた私は記憶の断片を探った。

マダラは慌てた様子で柊夜さんの問いに答えた。

「み、見ました！　あちらの洞窟に向かいましたよ。ご案内しましょう」

羽があって飛べるマダラには、よく見えていたようだ。目撃情報があってよかった。

マダラのあとについて、私たちは陽の射さない森を歩んでいく。

やがて森を抜けると、切り立った崖《がけ》が広がる一帯に出た。

崖の一角に、洞穴が空いている。あそこが悠たちが向かったという洞窟らしい。

雨を凌《しの》ぐための小さなものではなく、かなりの広さがありそうだ。まるで鉱山の入り口のように、洞窟は奥へと続いている。

柊夜さんは訝しげに洞窟の奥の暗闇を覗いた。

「ここに入っていったのか？」

「ええ、そうです」

「なぜ、こんなところへ入ったのだ。雨風を凌ぐわけでもないだろうに」

疑問を投げかけられたマダラは、なぜか唖然としている。

「……えっ⁉　さあ⁉　そういう質問をされても困るんですけどぉ……」

なんだか態度が仰々しいが、マダラは見ていただけなので、悠たちの詳しい事情はわからなくて当然だ。善意で案内をしてくれたのに疑うのも悪いだろう。

「洞窟に入ればわかりますよ。きっと子犬に連れていかれたんじゃないでしょうか」

「そ、そうですよ！　夜叉さまが見てきてください。花嫁さまはわたしと一緒に城で待っていましょう。そういうことになっています」

マダラは私たちの上空を羽ばたきながら、早口でまくし立てる。

つと、私は首をかしげた。

悠たちの行方が判明していないのに、なぜ城へ行かなければならないのだろうか。

まずは彼らの安否を確認することが先決だ。

「子どもたちが心配だから、私は柊夜さんと一緒に洞窟の中を見てくるわね」

「えっ……でも……」

「マダラは洞窟に入るのが怖いの？」

「えっと、はい……怖いのでわたしは行きたくないです……」

「それなら、マダラはここで待っていてちょうだい」

視線をさまよわせたマダラは黙り込んだ。乾いた羽音が空虚となって耳に届く。

コウモリなのに洞窟が怖いだなんて不思議だけれど、彼はあやかしだから現世のコウモリとは異なる生態なのかもしれない。

「いいですけどぉ……困っちゃうなぁ……」

なぜか文句をつぶやきながら、マダラは崖の上へ飛翔していった。

そのとき、マダラの背に青白く刻まれた紋が目に入る。白い水玉模様とは異なるそれは、五芒星のように見えた。

一瞬のことだったので、見間違いだったかもしれない。奇妙な既視感に首を捻るが、今は悠たちを一刻も早く探さなければいけない。

「行きましょう、柊夜さん」

「ああ……そうだな」

柊夜さんも訝しげに双眸を細めたが、私は彼と行動をともにするので、ふたりでいれば問題ないはずだ。

私たちは洞窟の内部へ足を踏み入れた。ひんやりとした空気が肌にまとわりつく。

だが、わずか数歩ののち、背後で轟音《ごうおん》が鳴り響いた。

「えっ⁉」

「あかり、危ない！」

柊夜さんの腕にかばわれて、逞しい胸に顔をうずめる。

舞い散った土煙が収まる頃、おそるおそる顔を上げた。

目にした光景に驚愕する。

洞窟の出口が、大岩により塞がれていた。向こう側で「キキッ」というマダラの声と、岩場を立ち回るような音がする。

「フウ……結界を張りました。これで夜叉さままでも出られませんよね。大変だったなぁ、台本にないことを聞くんだから、もぉ～」

「なんだと？　どういうつもりだ、マダラ！」

柊夜さんの怒声に、マダラは怯えたように早口でつぶやいた。

「わ、わたしは命令通りにしただけです。だって、仲間を人質に取られているんです。お許しください……」

最後は涙声になったマダラの羽音が遠ざかっていく。

騙されたのだと知り、暗闇の中で呆然と立ち尽くす。

柊夜さんは出口を塞いでいる岩にてのひらをかざしたが、バチッと静電気のような衝撃が起こった。

「鬼神の結界を張られたようだな。無理にこじ開けるのはやめたほうがいい」

「悠たちが心配です。ここへ入ったという証言は、マダラの嘘なのでしょうか？」

「嘘かは不明だが、マダラは何者かに利用されたようだ。本来、やつは帝釈天のしもべだった。だが、あちらこちらの鬼神の命令に従っているうちに誰の味方なのかと糾弾されるようになり、信用を失った。マダラに斑模様があるのは、まさしくやつの性質を表している」

マダラが帝釈天のしもべだったと知り、私は駅のホームでの一件を思い出した。コウモリを捕まえた羅刹は『あいつのしもべ』と、つぶやいていた。もしかすると、あのコウモリがマダラだったのだろうか。

「そういえば、ヤミガミに取り憑かれていた玉木さんが無事に帰宅したあと、ホームでマダラらしきコウモリを見かけたんです。羅刹は気づかずに逃がしましたけど」

「ふむ……そういうことだったのか。マダラは以前から俺たちを監視していたのだな。主の命令に従って、この罠を仕掛けたのだ」

マダラは鬼神に利用されているのだ。力の強い者に従うしかない弱者の哀れさに同情した私は、マダラを憎めなかった。

「洞窟は奥へ続いているみたいですね。行ってみましょう」

「そうするしかないようだな」

かすかだが、洞窟の奥から水の香りがする。もしかしたら、どこか別の出口へつながっているのかもしれない。

私は柊夜さんの腕に掴まり、歩を進めた。

だが光の射さない暗闇なので、奥へ向かうほど足元は覚束なくなる。

そこへ、ぽう……と柔らかな光が現れた。光源は、こちらに向かってくる。

闇の中の灯火は、希望のしるしのように胸を膨らませた。

「あ……コマ！」

パタパタと小さな羽を懸命に羽ばたかせたコマが飛んできた。灯火の正体はコマだったのだ。

「無事だったのね、よかった。悠とヤシャネコもいるの？」

だが、言葉をしゃべれないコマは沈黙している。なにかに警戒しているのか、私の手元に下りてこようとはしない。いつもは手ずから、ごはんを食べるのに。

その身を輝かせるコマのもとに、ぼんやりと人影が出現した。

黒髪で黒い瞳の、十歳くらいの男の子だ。

はっとした私は、それが誰なのかを知る。

「悠……！」

成長した悠の姿だ。

闇の路で何度も私を助けてくれた彼のことを覚えている。しかもあのときより背が少し伸びて、あどけなさが薄れている気がした。

手を伸ばしかけた私を、柊夜さんは冷静に押さえる。

「待て。この悠は幻影だ。しもべであるコマに悠の神気が残り、幻影を映し出しているに過ぎない」

「以前もそんなことがありましたけど……でも、そうしたら悠本人はどこにいるんでしょう。きっと、近くにいますよね？」

私は縋るように柊夜さんと幻影の悠を見比べる。

すると悠は軽やかに地を蹴り、洞窟の奥へ走っていった。コマは彼の頭上から離れず、付き従って周囲を照らしている。

「待って、悠！」

駆け出しそうになった私の体を、ぐいと柊夜さんが引き止めた。

「走るなと約束しただろう」

柊夜さんの声音がひどく低い。彼は全身から緊張を漲らせていた。

コマと悠は私たちを導いてくれるに違いないのに、どうして柊夜さんは警戒しているのだろう。先ほど、マダラに騙されたからだろうか。

「ごめんなさい……」

「わかればいい。俺のそばを離れるなよ」

掴んでいる柊夜さんの腕が、わずかに震えていた。まるで幼子のようだ。

不思議に思いつつ、私たちは悠のあとを追う。灯りが通り過ぎたあとの洞窟には、なにかがひそんでいる息遣いがあるような気がした。

暗く冷たい洞窟は静寂に包まれている。私たちが踏みしめる足音だけがやたらと響いた。

やがてそこに、かすかな水の音色が混じる。

「ここは……」

低くつぶやいた柊夜さんは眉根を寄せた。

コマが照らす灯りのもとに、青く沈む水面が広がっている。

どうやら洞窟は川とつながっているらしい。そこはまるでプールのように広く、川の流れは穏やかだった。

私たちを待っていた悠のそばには、古びた小舟が置いてある。

これを使って脱出できるかもしれない。

だが、舟を目にした柊夜さんは息を呑む。

「あのときの……！」

「柊夜さん、どうしました？」

突然、必死の形相をした彼が掴みかかってきた。

私の着ていたカーディガンをむしり取り、ブラウスのボタンが引き千切られる。

突然の凶行に驚いて、抵抗すらできない。

「しゅ、柊夜さん!?」

「あかり、お守りはどこだ！　お守りを渡すんだ！」

「お守り……？　持っていません！」

そう叫ぶと、真紅の双眸を炯々《けいけい》と光らせていた柊夜さんの表情が緩められる。

彼は深い溜め息をついた。

大きなてのひらで、乱したばかりの私の着衣を丁寧に整える。

「……乱暴してすまなかった。俺の、思い違いだったようだ」

なぜ、唐突にお守りを捨てろなどと言ったのだろう。

私はお守りを持ち歩く習慣はないし、柊夜さんからお守りをもらったことがあるわけでもなかった。

気まずい空気の中で、ボタンが飛んだブラウスの前を合わせる。

ちらりと悠に目を向けると、彼は今の騒ぎに動揺することもなく、静謐《せいひつ》な双眸で私たちを見つめていた。

幻影かもしれないが、成長した悠の意識とつながっているのかもしれない。悠がこの年齢に達したときに、今見たことの記憶が残されていたらと思うと、とてもいたたまれなかった。

親が喧嘩しているところなんて、子どもに見せるべきではない。

けれど柊夜さんの凶行には、なにか理由があるのだと思えた。お守りにかかわる、なにかが。

　ぎゅっと私の体を抱きしめた柊夜さんは、敵意を含んだ眼差しを小舟に向けた。

「少し離れていろ」

　彼は注意深く舟を見回り、舳先《へさき》や船底を探っている。単なる木の船なので、なにも怪しいところはないと思うのだけれど。

「珠がない……。いや、あのときとは状況が異なる。赤子は、ここにいないのだから
な。それに当時の夜叉である御嶽は同行していなかったはずだ」

　独りごちる柊夜さんにしびれを切らしたように、「ピピッ」とコマがひと声鳴いた。舳先に飛び乗り、早く行こうと言いたげに羽を震わせる。

「柊夜さん。この舟に乗っていけば、洞窟から出られるんじゃないでしょうか」

「ああ……そのようだ」

　〝あのとき〟とは、いつのことだろうか。柊夜さんの過去になにがあったのか。

　まだ周辺を警戒している柊夜さんは、私を守るように肩を抱くと、ともに舟に乗り込んだ。

　だが、悠はその場から動こうとしない。

「悠、一緒に行きましょう。舟に乗って」

　私が差し伸べた手を避けるように、悠は舟の後方へ回った。

「あかり。コマが本物の悠のもとへ案内してくれるはずだ。彼とはここで別れよう」

幻影なので、特定の場所でしか姿を現せないのかもしれない。

私は避けられた手を胸に引き寄せ、未来の悠の姿を目に焼きつけた。

「必ず、迎えに行くからね」

彼にそう言うのは奇妙なのかもしれない。

けれど、それまで無反応だった悠は、こくりと頷いた。

私が瞠目していると、悠は大きく両手を動かして、押し出すような仕草をする。

すると、ゆっくり舟が動きだした。

小舟は洞窟を流れる川の流れに乗っていく。

洞窟の果てで見送っている悠の姿が、次第に遠ざかる。

切なくなった私は唇を噛みしめた。

コマが、「ピ……」と小さく鳴いた。

柊夜さんはもう見えなくなった悠の方角に、遠い目を向けていた。

「……ああすればよかったのか。やはり俺が、母を殺したのかもしれない」

「柊夜さんが……お母さんをですか？」

向かい合う私の目をまっすぐに見つめた柊夜さんは、決意を込めたように発した。

「あの洞窟は、俺の母親が死んだ場所だ」

「……えっ⁉　あそこが？」

「俺には古い記憶がある。赤子を抱いた母が何者かに追われ、舟で逃げようとしたとき、落雷に撃たれて息絶えてしまうんだ。俺はそれを幻影となって見ていた。先ほどの洞窟で悠がいたから、その過去が再現されるのかと警戒した」

柊夜さんの母親が亡くなったときと、よく似た状況だったらしい。だから彼は緊張を張らせていたのだ。

舟は洞窟から出て、運河の流れに乗った。人工的な石塀に沿って進んでいく。

船体がかき分ける水音が大きく耳に届いた。

「ということは、そのときにお母さんが抱いていた赤子が、柊夜さん自身だったんですね」

「そうだ。俺だけが助かり、母は死んだ」

「……柊夜さんのせいじゃありませんよ。まだ赤ちゃんだったんですから。お母さんは我が子を守ろうとしていたときに、偶然、不運に襲われたのではないでしょうか」

苦しそうに眉根を寄せる柊夜さんを慰めたかった。

柊夜さんは自分を責めているけれど、赤子だった彼になんの責任もないのは明らかだ。もし私が母親の立場だったなら、子どもに過去について苦悩してほしくない。

「偶然か……。果たして偶然だったのか疑問だ。母が落としたお守りから珠がこぼれるのを、舟のそばに立っていた俺は見た。その直後に雷が落ちたんだ」

「お守りを持っていないかと訊ねたのは、そういうわけだったんですね。そのお守りは、誰かからのもらいものでしょうか？」

「わからない。真実を確かめたい気持ちはあるが、死んだ者が生き返るわけではないからな」

柊夜さんは諦めたように首を横に振る。

もしかして、そのお守りに入っていた珠に雷が落ちたということだろうか。柊夜さんも珠が原因ではないかと疑っているからこそ、私にお守りを捨てさせようと必死に迫ったのだ。

ふと、不審な点に気がついた私は、ごくりと唾を飲み込む。

もはや柊夜さんも、薄々察しているのかもしれない。

洞窟の内部にいたのに、どうして天から雷が落ちてくるのだろう。もしお母さんが本当に先ほどの洞窟で命を落としたのだとしたら、偶然に落雷があったのは不自然だ。それにお母さんは、なにから逃げようとしていたのだろう。

彼女は人間だったという。やはり夜叉の子を産んだことから、悲劇的な結末に至ってしまったのか。

私も同じ運命を辿るのかもしれないという恐れが走る。撥ねた水滴を受けた私の体が、ぶるりと震えた。

柊夜さんはそんな私を、まっすぐに見据えた。

「母親を救えなかった分まで、俺の家族を必ず守る」

そう言い切った彼の言葉に、ほろりと胸のこわばりが溶けていった。

悠は、きっと見つけだせる。そしてまた家族みんなで平穏に暮らせる。

確信を持って、「はい」と私は答えた。

そのとき、くちばしを上げたコマが「ピッ」と鳴いた。

舟の行く先を見上げると、ふわりと空を舞っている風天と雷地の姿を発見する。

「風天、雷地。来てくれたか」

柊夜さんの呼びかけに、ふたりはまるで羽毛のような軽やかさで舟の縁に降り立った。

「夜叉さまの危機を察知したわたくしどもも、馳せ参じました」

「悠さまの神気は、とある城から発せられております。わたしどもがご案内いたしましょう」

風天が袂を翻すと、舟の舳先が方向を変えた。雷地が腕を振り上げると、速度を増して進んでいく。

疾風のごとく駆けていく舟は、やがて石壁のそびえる水路へ突入した。

眼前には、あやかしたちの住む城下町が広がる。

「街だわ。それに、鬼神の城も見える……！」

遥か前方には鬼神の居城がそびえている。夜叉の城ではなく、今までに見たことのないものだった。

柊夜さんは絞り出すように言葉を放つ。

「あれは、羅刹の城だ」

「まさか、悠たちはあそこに……？」

風天と雷地は、ふたり同時に口を開いた。

「さようにございます」

ゆっくりと速度を落とした舟が、城下町の運河沿いに航行する。羅刹の城は目前だ。

「おまえたち、ご苦労だった。そろそろ刻限が近づいている。夜叉の城に戻っていいぞ」

柊夜さんがそう告げると、なぜかふたりがぶるりと身を震わせた。

「かしこまりました。では、ご武運を祈ります」

「かしこまりました。城の警護は、お任せあれ」

慇懃な礼をしたふたりは、俊敏に飛び上がった。

風天のまとっている天女のような羽衣が、ふわりと舞う。

ふたりはぴたりと並び、まっすぐに上空を飛び去っていった。

「急いでいるようですけど、ふたりともどうしたんですか？」

「風天と雷地は石像として城に紐付けられているから、長く夜叉の城を離れることができない。だが、ふたりのおかげで目的地へ到達することができたようだ」

石像とは思えない軽やかさで空も飛べるふたりだが、そのため制約が多いらしい。

ともあれ、助けに来てくれたおかげで羅刹の城の間近までやってくることができた。壮麗な天守閣《てんしゅかく》を見上げたとき、そこから一羽の鳥が羽ばたく。黒い羽に白い斑点がある。あれはマダラだ。

「ピピッ」とコマが鋭い鳴き声をあげる。

マダラは私たちのそばまで飛来してきた。

「や、夜叉さま！　どうか、わたしたちを助けてください」

「なんだ、マダラ。俺たちを洞窟に閉じ込めておいて今度は助けを乞《こ》うとは、随分な図々しさだな」

「それは、そのう……お、お許しください。わたしは仲間を人質にとられて、脅されているのです。ほら、背中に紋を刻まれているでしょう？　駅で羅刹さまに捕まったときにつけられたんですぅ。羅刹さまの命令通りに働いたのに外してもらえないし、仲間も解放されません……ふぇぇ」

弱々しく窮状を訴えるマダラは背中を見せた。駅の構内でも目にした五芒星のしるしが刻まれている。これがあると強制的に眷属にされてしまい、鬼神の命令に従わなくてはならないのだろう。

マダラを利用して私たちを洞窟に閉じ込めたのは、羅刹なのだ。もしかすると、悠たちをさらったのも彼の仕業なのだろうか。

「柊夜さん、助けてあげましょう。マダラは利用されただけですから」

おずおずと私のそばに降り立ったマダラを、柊夜さんは見定めるかのように双眸を細めて見た。

「いいだろう。紋は外してやろう」

柊夜さんが手をかざすと、ふっと青白いしるしは消滅した。

安堵したマダラは斑模様の羽を広げる。

「ありがとうございました。仲間たちが囚われている部屋はわかっています。そこまで一緒に来てくださいますよね、ねっ？」

「もちろんよ。マダラの仲間たちを解放しましょう」

「ふわあぁ、ありがとうございます。夜叉の花嫁さまのご恩は忘れません」

私の膝元に突っ伏して何度も頭を下げるマダラに、柊夜さんは嘆息をこぼす。

「調子のいいやつだ」

マダラの仲間たちも救うため、羅刹と対決するときが迫っているようだ。

城内へ続く水路の門はすでに開いていた。舟は松明が灯る城内を、ゆっくりと進んでいく。

私は気になっていたことをマダラに訊ねた。

「ねえ、マダラ。子どもたちが洞窟に入っていったという話は、嘘だったのよね？」

なにを言われたのかわからないといったふうに、顔を上げたマダラはきょとんとして目を瞬かせる。

「えっ？　ええと……」

「嘘でもいいのよ。ただ私は、子どもたちが無事なのを知りたいだけなの。彼らはこの城に閉じ込められているの？」

なぜかマダラは、うろたえている。

悠たちになにかあったのだろうか。狼狽《ろうばい》するマダラの態度で、不安が煽《あお》られた。

「わ、わたしは……答えられません。難しくて……」

マダラはひどく悩んでいる。柊夜さんが、頭を抱えているマダラに言った。

「答えなくていい。マダラ、夜叉の側につけ」

「で、でも……羅刹さまが命令通りにしろとおっしゃるから……」

「すでに紋は外れている。おまえがこれ以上、羅刹に従う必要はない。囚われている者たちを解放したら、おまえは自由だ」

〝自由〟という言葉の意味を掴みかねるように、マダラは戸惑いを浮かべている。彼は力の強い者に振り回されるのが常なので、自由を失ってしまっているのかもしれない。

けれど、マダラは頷いてくれた。

「わかりました。わたしはどうすればいいのでしょう?」

「羅刹のもとへ案内してくれ。やつがすべてを仕組んだことはわかっている。あいつと決着をつける」

柊夜さんは、羅刹と戦うつもりなのだ。彼の真紅の双眸が妖《あや》しく光っている。

ぶるぶると身を震わせたマダラは小さな声で了承した。

ややあって、舟は城内の船着き場に到着する。

コマは舳先から、私の肩へと飛び移った。「ピッ」と鳴き、石段の上をくちばしで指し示す。コマには悠の居場所がわかっているのかもしれない。

「あかり。手を」

そう言いながら柊夜さんはすでに私の手をすくい上げている。

柊夜さんの場合は、〝手を差しだせ〟ではなく、〝手をつなぐぞ〟の略のようだ。そんな強引なところも好きだけれど、私に選択権は与えられていないのがささやかな不満である。

手をつないで、無事に舟から降ろされた。が、旦那さまの過保護は止まらない。

「腹は痛まないか？」

「大丈夫です」

「疲れていないか？　息切れはしていないようだな」

「異常ありません。異変があったら、すぐに報告します」

「了解した」

もともと職場の上司と部下なので、こういうところは未だに仕事のやり取りのようである。

「こちらです。夜叉さま、花嫁さま」

マダラの先導で階段を上ると、そこは城内の細い通路だった。鬼神の城はどれも似たような外観だが、間取りは様々のようだ。

迷路のように入り組んでいる廊下を進んでいく。

狭いので大人ふたりは横に並べない。飛んでいくマダラを私が追い、その背後を夜叉さんが守るようにしてついてきていた。

だが、三回右に折れたとき、ふと首を捻る。

「この道は、さっき通りませんでしたか？」

「同じ道だな。どういうことだ、マダラ」

マダラは来た道を引き返してきた。困ったように、うろうろと飛び回っている。

「ええと……確か、こちらですね」

私たちを飛び越したマダラは、角を曲がった。マダラのあとを柊夜さんが続く。

私も足を踏み出そうとしたそのとき、ガサリとした物音に気を取られた。

ふと足元に目を向ける。そこには漆黒に塗られた小さなぬいぐるみが佇んでいた。

動物と思しきぬいぐるみには生気がなく、ガサガサと不穏な音を響かせている。

「えっ……ヤミガミ?」

驚いた声をあげると、ヤミガミは一目散に逃げ出す。

柊夜さんを恐れたのだろうか。ヤミガミは廊下の向こうに消えていった。

ところが顔を上げると、そこから柊夜さんの気配すら消えていた。

慌てて角を曲がるが、廊下には誰もいない。つい数秒前まで一緒だったはずなのに。

「柊夜さん、どこにいるんですか!?」

遠くから、「あかり！」と呼ぶ彼の声が届く。

ほっとして、さらに廊下の奥へ進み、角を曲がった。

けれど、彼の姿はない。マダラの羽音もしなかった。

「柊夜さーん！」

「あかり、そこから……」

返事はさらに小さくなっている。わずかな時間のはずなのに、互いの居場所はとても離れたのだと知った。

ヤミガミに目をやったわずか数秒の間に、迷路に呑まれてしまったのかもしれない。

つくづく大切なものから目を離してはいけないという教訓を痛感する。

けれど今は後悔している場合ではない。柊夜さんと合流するのが先決だ。

「柊夜さんも探してるよね……。ふたりとも歩き回っていたら、出会えないのかな」

闇雲に歩き回っても余計に迷ってしまうだけだろうか。柊夜さんと手をつないでいないことが、こんなにも心細い。

「チチチ」

心許なくて自分の手をさすると、肩にとまっているコマが軽快な鳴き声をあげた。

不安に襲われていた私の顔に、かすかな笑みがこぼれる。

「コマがいるものね。きっと迷路を抜けられるわ」

その言葉に応えるかのように、コマは肩から飛び立つ。廊下の端まで飛んでいくのであとを追うと、突き当たりの壁をくちばしでつついていた。

「そこは行き止まりよ？」

だがコマは壁から離れず、なにかを訴えるかのように「ピイッ」と鋭く鳴いた。

不思議に思った私は白塗りの壁に、そっと触れてみる。

わずかに、壁に隙間が空いていることに気づいた。向こう側から冷たい空気が流れ込んでくる。

思いきって、ぐっと壁を押してみる。

すると壁が扉のように稼働して、上へ続く階段が現れた。

「隠し階段があったのね！　コマ、よく発見できたわね。ありがとう」

「ピ」

当然というように短く答えたコマは、階段の上へ羽ばたいていく。

ここを通れば迷路から出られそうだ。

走らないという柊夜さんとの約束を守り、お腹に手を当てながら、ゆっくりと階段を上る。

上の階に辿り着くと、そこはより壮麗な廊下だった。天井が高く、黒塗りの床は磨き抜かれている。

コマは迷いなく廊下の向こうに飛んでいった。

最奥には重厚な扉がひとつだけ。

それは不気味な血の色に染め上げられている。

「チチチ、チチチッ」

開けろとばかりに、コマは扉に体当たりをする。

「待って、私が開けるわ。ここに悠がいるのね？」

「ピ」

コマの返事に確信を得る。私は勇気を持って、真鍮《しんちゅう》製の取っ手を引いた。

軋んだ音を響かせて扉が開かれる。

ひやりとした石壁に囲まれた部屋に視線を巡らせる。

まるで番人のごとく均等に並んだ蝋燭《ろうそく》の灯が不穏に揺れていた。

その果てに鎮座しているものを目にして、胸が躍る。

「悠……！」

やっと、会えた。

悠は遊具のような球形の籠《かご》の中に座っている。ヤシャネコもそばにおり、ふたりは身を寄せ合っていた。

無事だったのだ。それだけで全身の力が抜ける。

私の声に気づいた悠は、はっとして顔を上げた。立ち上がろうとするが、すぐ諦めたように腰を落ち着ける。

「ばぶぅ……」

どうしたのだろう。悠は私を見ても、そこから動こうとしない。

「あかりん、来ちゃだめにゃん！」

ヤシャネコが叫ぶが、ふたりを放っておくことなんてできない。駆け寄った私は、彼らが入っている籠を見て驚愕した。

「この籠、棘《とげ》がついてる……！」

鉄製の棒で形成された球体は、棒の内側にびっしりと鋭い棘がついていた。

これでは無理に出ようとすると怪我をしてしまう。出入り口となるドアがあるのかと探ったが、見つからない。

悠と抱き合っていたヤシャネコが、怯えた声をあげた。

「これは、あやかしにゃんよ！〝人喰《ひとく》い籠《かご》〟にゃん」

ガタリと大きく籠が揺れる。触れてもいないのに、ふたりを閉じ込めた檻《おり》はひとりでに鉄棒を歪めた。

私の肩にとまったコマが、「ピイッ」と危険を伝える。

すると、さらに籠の大きさが狭くなる。

ふたりに向かって、内側の棘が針のような凶器となり、突き刺そうとしていた。

「やめて！　待っていて、ふたりとも。今、出してあげるから！」

鉄棒を掴んだ私は、広げようと必死で力を込める。

その途端、手に鮮烈な痛みが走った。

「うっ……！」

てのひらを見ると、血がにじんでいた。あやかしとはいえ鉄棒は固く、棘は本物の凶器だ。とても素手で押し開くことはできない。

人喰い籠は私をあざ笑うかのように、軋んだ音色を響かせた。

悠とヤシャネコめがけて鉄棒が狭められていく。このままではふたりが押し潰されてしまう。

再び鉄棒を掴もうと血に濡れた手を伸ばしたとき――。

「無駄だよ、あかり」

かけられた冷涼な声に振り向く。

そこには嫣然《えんぜん》と微笑んだ羅刹がいた。

端麗な着物をまとった彼の傍らには、人間ほどに大きな狼が寄り添っている。

「グルル……」

灰色の毛並みの狼は、黄昏のような黄金色の瞳をしていた。

はっとした私は、あの子犬の正体を知る。

「羅刹……あなたが悠たちをさらったのね！　その狼が子犬のふりをしていたんだわ」

「その通り。こいつはタソガレオオカミといって、僕の忠実なしもべさ。子犬のように小さく変身できるから、現世に連れていくのも便利でね。うまくきみたちをおびき寄せられた」

子犬に化けたタソガレオオカミは、私たちを監視していたのだ。私が意識を逸らした一瞬の隙に、悠たちを闇の路に連れ去った。路の途中で大型の獣が合流していたのは、タソガレオオカミが子犬から成獣に姿を変えたからなのだろう。

するとと羅刹が悠たちをさらったのは、計画的ということになる。

「マダラに紋を刻んで私たちの妨害をさせたのも、羅刹なのね。どうして、そんなことをするの？」

いつも薄い笑みを浮かべている彼は真顔になる。

「どうして、か。あかりにそう問われると、傷つくね。僕はきみを花嫁にしたいと言っただろう。初めは夜叉を挑発するためだけだったけれど、あかりの優しさや芯の強さに惹かれてしまったんだ。欲しいものを獲得するためには、手段なんて選んでいられないんだよ」

彼の狙いは私だったのだ。

そのために、マダラや悠を利用した。

優美な笑みの下に隠された冷酷な鬼神の本性を見て、驚愕に背を震わせる。

「私は、夜叉の花嫁なの。柊夜さんだけを愛しているの！　だから、あなたの花嫁にはなれません」

魂から迸《ほとばし》る想いを率直に告げる。

柊夜さんを、愛している――。

その想いは、ずっと胸のうちにあった。

けれど伝えるべき柊夜さんは、いない。

愛してもいない男に初めて想いを告白することになるという皮肉と、その事態を招いてしまった己の浅はかさに愕然とした。

初めは、相手から愛していると言われなければ、その言葉を口にする資格がないのだと思い込み、結婚してからは、柊夜さんが『愛している』と言ってくれることですべてを満たしているのだと勘違いをしていた。私からあえて言わなくても伝わっているだろうと、傲慢な思いを抱いてもいた。

私は愛されていることに慢心し、愛情を伝えることを出し惜しみしていたのだ。

そのことに気づき、後悔が胸をよぎる。

私の想いを聞いた羅刹は、ぞっとするような冷徹な表情を見せた。

「あかりの今の気持ちはね、あまり関係ないんだよ。子どもと夜叉がいなくなれば、きみは僕のものになるという道を選ぶしかなくなる。ひとりは寂しいからね」

「そんな……そんなことないわ。悠をどうするつもりなの!?」

「この人喰い籠は腹を空かせていてね。神気にあふれた夜叉の赤子は、さぞ美味だろう。夜叉と赤子を亡き者にして、帝釈天に恩を売っておくのも悪くない」

鬼神である羅刹は温情など持ち合わせていない。悠をいたぶるように殺すつもりなのだ。

そんなこと、させない。

お腹を痛めて産んだ我が子は、自分の命より大切な存在だ。

私は、柊夜さんと悠がいてくれたおかげで、〝愛おしい〟という真の意味を知ることができた。

『家族を必ず守る』と言ってくれた柊夜さんの想いに、私も応えたい。

血まみれのてのひらを、ぎゅっと握りしめる。

「柊夜さんがいないときでも、私は家族を守り通すわ。私の腕がちぎられても、子どもたちを救うまで人喰い籠を離さない！」

決意を込めて言い放つと、羅刹は不服そうに片目を眇《すが》めた。

再び人喰い籠に手を伸ばしかけたとき、タソガレオオカミが唸り声をあげ、扉に向かって激しく吠《ほ》えたてた。

はっとしてそちらに目を向けると、勢いよく扉が開け放たれる。

漆黒の塊《かたまり》が室内に飛び込む。それは数多のコウモリだった。

空間を覆い尽くすほどのコウモリが、いっせいに部屋になだれ込んできた。

「あかり、無事か！」

コウモリたちとともに駆け込んだ柊夜さんは、まっすぐに私のもとへ向かってくる。

囚われていたマダラの仲間たちを解放できたのだ。

柊夜さんに会えた喜びが、私の声を弾ませた。

「ここです！　悠とヤシャネコが……」

私を守るように抱きしめた柊夜さんは、人喰い籠に囚われた悠たちに目を向ける。

もう鋭い針は小さな体を突き刺すほどに迫っていた。恐怖で伸び上がったヤシャネコにしがみついた悠が、声をあげる。

「ぱぱ！」

悠が初めて、〝パパ〟と発した。

その呼び声に触発され、柊夜さんの体から神気が漲る。

強大な力の覚醒を感じた。

私は間近で鬼神の本性が露わになるのを目にする。

シャツが裂け、強靱な肉体が顕現する。振り乱された漆黒の髪には凶暴な鬼の角、そして口元に獰猛《どうもう》な牙が生える。

咆哮《ほうこう》をあげた夜叉は、鉄棒を鷲掴《わしづか》みにした。頑強な腕から人外の力が迸る。ぐにゃりと、人喰い籠の形状がゆがんだ。

「あわわ、今だにゃん！」

伸びきったまま動けないヤシャネコを抱えた悠は、閉じ込められていた籠から這いずるように抜け出す。

とっさに腕を伸ばした私は、ふたりを引き寄せた。

「悠、ヤシャネコ！　無事でよかった」

ふたりの体の重みは、心からの安堵をもたらした。

――もう、二度と離さない。

その想いを込めて、私は子どもたちを抱きしめた。

獲物を逃した人喰い籠はコウモリたちに追い立てられ、曲げられた鉄棒を揺らしながら去っていく。

羅刹とタソガレオオカミにも無数のコウモリが襲いかかった。

彼らは鬱陶《うっとう》しげに漆黒のコウモリを振り払う。

怒りを漲らせた羅刹が、神気を迸らせた。

彼は柊夜さんと同じように、鬼神の真の姿を現す。

鬼の角と牙を持ち、多聞天を主とするその鬼神は、皮肉なことに夜叉と対になる外見だった。

本性を顕した羅刹は、コウモリたちを先導するマダラに吠える。

「裏切ったな、マダラァ！」

「ひっ……も、申し訳ありません、羅刹さま」

「夜叉を洞窟に閉じ込めて、花嫁のみを連れてこいと命じただろうが。おまえは命令を実行できないばかりか、寝返るとはなんという浮ついた性根だ！」

「だってぇ、予想外のことが起きると、どうしたらいいのかわからなくなりまして……仲間は助けていただいたので、わたしは退散いたしますね」

弱々しい声で弁解すると、羽を翻したマダラは慌てて逃げ出した。

マダラを追おうとした羅刹の前に、夜叉となった柊夜さんが立ち塞がる。

闘志を燃え上がらせた夜叉の真紅の双眸が、ぎらりと光る。

「貴様がその台詞を吐くとは笑わせる。完膚《かんぷ》なきまで叩きのめしてやろう」

「望むところだ。どちらが花嫁を手に入れるか、力で勝負しようじゃないか」

にらみ合った対の鬼神が対峙する。

私は悠とヤシャネコを抱いたまま、壁際に下がった。肩にのったコマが「ピ」と励ますように、ひとつ鳴く。

「パパは勝つよね」

小さなつむじに向かって、私はつぶやいた。

悠がお腹にいたとき、柊夜さんは薜茘多と戦って勝利した。あのときの私は彼の勝利に絶対の自信を持っていたはずなのに、今は不安で胸が押し潰されそうになっている。

胸騒ぎが止まらないけれど、柊夜さんが勝つと信じよう。
ぎゅっと抱きしめた悠は、澄んだ眼差しで父親の姿を見つめていた。
「ばぶぅ」
「大丈夫にゃん。夜叉さまが負けるわけないにゃんよ」
みんなに応援され、固唾《かたず》を呑んで見守る。
室内を舞っていたコウモリたちが天井にとまり、動く者はいなくなった。
ふたりの鬼神は射貫くような視線を交わし、互いに身構えている。
殺気が充満する。
緊張が極限まで達した。
そのとき、ふたつの影が交差する。破壊音が鳴り響き、石の床が割れた。
猛然と拳で殴り合う鬼神たちの苛烈さに、空気が振動する。
咆哮《ほうこう》が響き渡る。
荒々しい鬼神の戦いは、どちらかが倒れるまで終わらない。
血飛沫《ちしぶき》が舞い、それに興奮したコウモリが辺りを飛び回った。
やがて羅刹の足取りが重くなる。

夜叉が優勢だろうかと、誰もが思えた。

ところがそのとき、戦いを見守っていたタソガレオオカミが牙を剥く。

灰色の巨躯は夜叉に襲いかかろうと、敏捷《びんしょう》に跳躍した。

だが、タソガレオオカミの胴体を、なぜか羅刹が強靱な腕ではね飛ばす。

「加勢するな！」

主に叱られたタソガレオオカミは「キュウン……」と鳴くと、頭を低くして後ろに下がった。

「花嫁は、僕の力で手に入れる」

ぞっとするほどの執念を見せた羅刹は、口端からにじむ血を指先で拭った。

そんな彼を目にした夜叉は、真紅の双眸を細める。

「貴様はすでに、他者の力を借りているではないか。しもべが悠たちをさらい、マダラを使役して俺を亡き者にしようとした。卑劣《ひれつ》な手段を使っておいて今さら己の力で手に入れると主張するなど、破綻している」

「黙れ！　夜叉を打ち倒せば済むことだ」

「鬼神は周りの助力により生かされていることに、貴様は気づいていない。だから、羅刹の負けだ」

「なんだと……」

羅刹は姿勢をまっすぐに保てないようで、体が揺らいでいる。彼が負けそうだとわかっているからこそ、タソガレオオカミは加勢しようとしたのだ。

けれど、柊夜さんが懸命に呼吸を整えているのにも、私は気づいていた。

勝敗は紙一重なのだ。

両者は渾身《こんしん》の力を込めて掴み合った。

壮烈な豪腕で羅刹の体が投げ飛ばされた。轟音が響き渡り、振動で室内が揺れる。

呻いた羅刹は、それきり立ち上がらなかった。

敗者を見下ろす夜叉を遮るように、タソガレオオカミが躍り出る。

ひたむきな黄昏の瞳は、懇願の色を帯びている。タソガレオオカミは羅刹をかばっているのだ。

柊夜さんは羅刹にとどめを刺すことなく、背を向ける。

「しもべに救われたな。命を懸けてかばってくれる者がいることに感謝しろ」

「ぐっ……ちくしょう……。僕は諦めたわけじゃない……あかりは必ず僕の花嫁にするからな」

敗北を喫した羅刹は血で染められた床に倒れ伏した。

羅刹の傷を舐めているタソガレオオカミに憐憫《れんびん》の目を向けた柊夜さんは、静かにつぶやく。

「……本当に好きならば、あかりの幸せを考えてやったらどうだ。貴様の行いにより、彼女は心身ともに傷ついたのだぞ」

柊夜さんの告げた言葉が、じんと胸に染み込んだ。それは私と、そして羅刹への思いやりを表していたから。

鬼の姿を曝している柊夜さんに勝者の笑みはなかった。彼は私たちに顔を背けて、短く告げる。

「家に帰ろう」

柊夜さんは、鬼神である本当の姿を、家族に見せたくないのだと察した。

そのことが切なく胸を引き絞る。

私はせめてもと思い、悠に小さくつぶやいた。

「パパ、勝ったね」

「ん」

夜叉の後継者は泣くこともなく、しっかりと目を見開いて、父のすべてを見つめていた。

子どもたちを取り戻せた私たちは現世へ帰るべく、闇の路を通っていた。

コマの発する灯火が、家への道のりを明るく照らしてくれる。

悠たちに怪我がなくて本当によかった。てのひらに棘が刺さった痛みをこらえつつ、私は身をかがめて悠の小さな手を引いていた。

するとふいに悠が私を見上げる。

「まま」

初めて発せられた言葉に、目を見開く。

「ゆ、悠……今、ママって言ってくれたの？」

喃語のみをしゃべる赤ちゃんから、悠は着実に成長していた。そのことに胸が打ち震える。

つないだ悠の手から、ぽう……と柔らかな光があふれた。

それは安堵をもたらす温もりだった。

すうと痛みが引いていく。てのひらを見ると、傷がついていたはずなのに、すっかり治っていた。

悠の持つ、治癒の手の能力が発揮されたのだ。

「ママの怪我を、治してくれたの？」

「ん……」

あくびをこぼした悠の瞼が重くなっている。とても疲れているようだ。

傍らを歩んでいた柊夜さんが、腕を伸ばした。

「俺が抱っこしよう」

大きなてのひらで小さな体を抱きかかえる。神世では鬼神に変身していた柊夜さんは、すでに人間の姿に戻っていた。

父親の腕の中で、悠はすぐに瞼を閉じる。

隣を歩くヤシャネコはそんな悠を見上げて、目を細めた。

コマが発する灯火がふわりと蛍《ほたる》のように軌跡を描き、道標のごとく暗闇を照らす。

「大冒険でしたね。柊夜さんが家族のために戦ってくれた姿を、悠はしっかり見ていましたよ」

「……大人になったら、忘れるだろう。それでいいと、俺は思っている」

父親の雄姿を目にした悠は、なにかを感じたのだろうか。

触れたものを治癒できる悠の能力は、戦うことを主とした柊夜さんたち鬼神とは異なる方向だ。この先、彼の力が誰かを救うために生かされることを望んでやまない。

「きっと、忘れませんよ。いつか柊夜さんが守ってくれたことを思い出してくれるはずです」

「そうだろうか……」

ぽつりとつぶやいた柊夜さんは、抱いている悠の背を優しく撫でる。

彼は先ほどのことを振り返るように、闇の路の先を見据えた。

「あかりこそ、命を懸けて悠を守ろうとしただろう。羅刹や人喰い籠に立ち向かっていったな」

「あのときは必死だったんです。私は自分の命よりも、悠が大切です。悠に生きて、無事に大人になってほしいですから」

それは心からの願いだった。

愛することも愛されることも知らなかった私は、悠が生まれてくれたおかげで、親としての愛情とはなにかを教えられたのだから。

「きみがいないと、俺の命もない。それは覚えていてほしい」

切なげに吐かれたその言葉に、またひとつ気づかされた。

私の命は、私だけのものではなくなったということに。

「わかりました……。お腹の赤ちゃんも、いますしね」

「そうだとも。これからもっとにぎやかになる。何か月かしたら、悠はお兄ちゃんだ」

ふと気づくと、私たちに人影が寄り添っていた。

優しいその面差しは、洞窟で会った十歳の悠だった。

「ありがとう、悠……。あなたのおかげよ」

彼が私たちを導いてくれたおかげで、無事に洞窟から脱出することができたのだ。

やがて闇の路の出口に達する。

柊夜さんが切り開いた空間の向こうには、夜の公園が広がっていた。ようやく、もとの場所に辿り着けた。

「さあ、帰ろう」

コマとヤシャネコに続き、私は公園に足を踏み入れた。

現世へ帰ってこられたことに、安堵の息をこぼす。

ところが柊夜さんの後ろで、幻影の悠は寂しげな顔をして残っていた。彼はこちらに来ようとはしない。私は思わず、声をかけた。

「悠、どうしたの？　一緒に帰りましょう」

幻影だということはわかっているが、彼もまた悠である。

十歳の悠はなにも答えず、口を噤んでいた。

眠っている悠の本体を抱いた柊夜さんは、闇の路を閉じようとして、てのひらをかざす。

「待ってください、悠がまだ……」

「彼は幻影だから、現世には行けないのだ」

「わかっていますけど……」

そのとき、こちらを見つめていた悠が微笑みを浮かべた。常に無表情だった彼の、初めての笑みに驚かされる。

闇の路が、ふっと消えた。

あとには満天の星が広がる公園の静寂のみが残される。

そこに私たち家族は、しばらく佇んでいた。

「彼には未来で会える」

柊夜さんの言葉が私の胸に染み入る。

煌めく星々を見上げた私は音もなく、一筋の涙を流した。

その雫を指先を伸ばして拭った柊夜さんは、神妙な声音でつぶやいた。

「母親を殺した犯人は、神世にいる。また赴く機会が訪れるだろう」

「え……？　洞窟で亡くなったお母さんは、事故ではなく、誰かに殺されたということですか？」

柊夜さんは静かに頷いた。

「御嶽が、なにかを掴んだようだ。やつはヤシャネコの口を借りて、それを伝えてきた」

先代の夜叉が過去を明らかにするため、息子である柊夜さんに接触してきたのだ。

彼らの戦いは終わっていないのだと、私は気づかされた。

それとともに、夜叉の後継者の母という立場が、いかに命を狙われる存在であるか痛感する。子どもたちにも、柊夜さんが苦悩しているように、同じ十字架を背負わせることになるのかもしれない。

「柊夜さん……。私が悠を妊娠していたとき、こう言いましたよね。『いずれ、夜叉の花嫁という冠《かんむり》が重荷になる』と……」

「ああ。そんなことを言ったな……。あのときは、きみが重責に耐えきれず、俺のもとを去っていくものだと思い込んでいたんだ」

「花嫁の冠が重かったのは確かです。私は今になって、あのときの柊夜さんの言葉の重みが身に染みました」

悠を抱く腕を強張らせた柊夜さんは、息を止めている。

星明かりの下で、真紅の双眸が不安げに揺れた。

ひと息ついた私は、そんな彼に笑みを見せる。

「だけど、私はずっと柊夜さんのそばにいますから。私があなたの、過去も未来も守ります。柊夜さんが『家族を守る』と言ってくれたのと、同じ気持ちでいるんです」

いずれ、柊夜さんの過去の因縁を繙《ひもと》きたい。

そのとき彼が真実を受け入れられるよう、しっかりと支えていたい。

たとえ、どんな真実だとしても。

やがて、ゆっくりと双眸を細めた柊夜さんは柔らかな笑みを浮かべた。

「ありがとう……、きみを好きになって、よかった」

悠を抱いている柊夜さんの腕に、私はそっと手を添えた。
公園を出た私たちは家路に向かう。
大粒の星々が瞬く夜空からこぼれた流れ星が、一筋の軌跡を描いた。

終章　4か月　新たな家族の絆

羅刹の居城での顛末《てんまつ》を聞いた帝釈天は激高した。

流麗な長い金色の髪が逆立つほど、怒りを漲らせる。

「おのれ、夜叉め！　人間の分際でどこまで我の神世を乱すつもりだ！」

報告にやってきたマダラは羽を閉じて身を縮める。

もとは帝釈天のしもべであるこのあやかしは生き残る術《すべ》を知っていた。それは弱者である己の立場をわきまえ、強者に従うことである。マダラは賢い。誰が神世の頂点であるのか理解しているのだ。

それなのに鬼神どもはどうだ。足並みは大いに乱れている。

夜叉を亡き者にしてやると言い放ったのは羅刹だった。帝釈天はやつならば果たせるだろうと信頼して任せたものの、結果は惨憺《さんたん》たるものである。

「羅刹はなぜ謝罪に来ないのだ。さっさとやつを呼んでまいれ！」

「それが……現世へ戻りました。明日は会社があるだとかで……」

マダラの怯えた声に怒りを煽られ、腕を振り上げる。空を切り裂き、閃光が走る。

要領のよい斑の者は、転げるように身を翻して電撃を避けた。

「はぁ～鬼神さまがたは、あれこれ命令するから大変だったのにぃ。ご褒美が雷だなんてあんまりです」

マダラの愚痴を聞き流し、苛々と紫檀《したん》の脇息を指先で叩く。

人間どもの住む現世は、そんなにも魅力的だというのか。羅刹なぞ信用ならない。

今回の件は鬼衆協会があらかじめ仕組んだのではないかとさえ思えた。

そもそも、鬼衆協会などというものを設立したのは先代の夜叉である。

帝釈天は混血の夜叉によく似た男の顔を思い浮かべた。

そのとき兵士が、遥か遠くの扉の陰で告げる。

「御嶽殿が参りました」

「……通せ」

手を振ってマダラを下がらせる。

逃げるように飛び去ったマダラと入れ替わりに、かつては夜叉だった御嶽が入室してきた。この男こそ混血の夜叉の父親であり、すべての混沌《こんとん》の元凶である。

不遜な男は帝釈天に礼すら尽くさない。

「久しぶりだな。帝釈天よ」

「なにか用か、御嶽。そなたは我を裏切った分際で、よくも善見城に顔を出せるものよの」

夜叉の証である真紅の双眸は、燃えるように輝いている。漆黒の着物を翻した御嶽は、悪鬼のごとき笑みを見せた。

「裏切っただと？　帝釈天に忠誠を誓うなどと、わたしがいつ言ったかな」

「そなたは相変わらず、小賢しい男だのう」

帝釈天は、この男が嫌いだった。なぜならば――。

「妻を殺した犯人は、おまえだったのだな」

こういうところだ。不遜で無礼で、そして無防備に禁断の箱を開けようとする。

物事とは、核心を突きさえすればよいものではない。

いっさい動揺を見せない帝釈天は優美な仕草で金髪をかき上げた。

「我のあずかり知らぬこと。そなたの人間の妻は、不幸な事故で亡くなったそうではないか。今さらなぜ蒸し返そうとするのだ」

御嶽は挑発するかのように、口元に笑みを刷《は》いた。

真実が明かされようとしている。

だがそれは、ふたつの世界に新たな波紋を投げかける前触れだった――。

◆

桜の花が咲き誇る柔らかな日和。

控え室の鏡を見た私は、まだ信じられない思いでいた。

正絹の白無垢は華やかな錦織で、鶴の模様が浮き上がる。結い上げた髪には純白の綿帽子。唇には淡い紅を引いている。

私は、お嫁さんになってしまったのだ。

柊夜さんから突然、約束していたプレゼントを渡すと言われて、わけもわからず連れてこられた。

到着したここは結婚式場である。

それから瞬く間に白無垢に着替えさせられてしまった。

もしかして……結婚式を行うというのだろうか。

だって私たちはもう籍を入れていて、子どももいる。さらに、ふたりめの子までお腹にいるのに。

今さらなので恥ずかしいという気持ちでいっぱいだ。

けれど、胸には満開の花が咲き乱れるほどの喜びがあふれている。

そのとき、すらりと障子が開かれた。

控室に入ってきた柊夜さんは黒五つ紋付き羽織袴《はおりはかま》をまとっている。神前式での新郎の正装だ。

漆黒の羽織が柊夜さんの体躯によく似合っている。格好よくて、惚れ直しそう。

頬を染めた私がうつむくと、純白の綿帽子がふわりとベールのように柔らかく揺れる。

柊夜さんの後ろから、ひょいと顔を出した悠も、袴風のロンパースを着用していた。

私の白無垢姿を目にした柊夜さんは、とろけるような笑みを浮かべた。

「ママは綺麗だ。そうだろう、悠」

「まま」

おめかしをした悠は笑顔を見せる。いつもと違う服装の私でも、母親だとわかったようだ。

悠は一歳半になり、ほんの少し言葉を話せるようになってきた。妊娠四か月に入ったお腹の子も、順調に育っている。

「柊夜さん。どうして、このような格好に？　まるで結婚式みたいですけど……」

「その通りだ。今日は俺たちの結婚式だよ」

びっくりして目を見開く。

夜叉の居城では豪華な着物を着せてもらった。あれが結婚式の代わりだと思っていたので、まさか本物の挙式ができるとは予想していなかった。

「俺たちは結婚式を挙げず、俺はきみに指輪すらあげなかった。それでは大切な妻に愛想を尽かされてしまうからね。今さらですまないが、初めからやり直させてくれないか」

「それって、もしかして……私が結婚式に憧れていると言ったからですか？」

「もちろんだ。俺は、あかりの願いを叶えたい。順序通りに、交際から始めよう。――星野あかりさん。俺と付き合ってほしい」

「……柊夜さんったら、もう……」

すっと、私の胸の前にてのひらを差し出した柊夜さんは優しく微笑む。

以前喧嘩をしたとき、私たちが妊娠から始まり、結婚式を挙げていないことがコンプレックスになっていると私は漏らした。そのことを彼は覚えていてくれたのだ。

私の思いを受け止めてくれる彼のお嫁さんになりたいという願いが、胸のうちから湧いてくる。

もう結婚しているのに、子どももいるのに、それでも何度でも、彼と結ばれたい。

待ち受けている夜叉の大きなてのひらに、私はそっと自らの手を重ね合わせた。

「よろしくお願いします……」

「では俺と、結婚しよう」

「は、はい」

「本当にいいのか？　実は俺の正体は夜叉の鬼神なのだが。きみには苦労をかけることも多々あると思う」

「……知っています。一夜で孕ませられたり、あやかしに遭遇したり、神世の牢獄に入ったこともあったし、それから……」

これまでの思い出を並べると、ふたりでくすりと笑いがこぼれた。

私の結婚生活には、これからも波乱が待ち受けているかもしれない。

でも柊夜さんと一緒なら、どんな困難でも乗り越えていける。

悠と、お腹の子とともに、家族として彼と人生を歩んでいきたいから。

「どんなことがあろうとも、俺はきみと、子どもたちを永遠に守り抜く」

「はい。柊夜さんに、ついていきます。そして私も、柊夜さんを守ります」

「きみと同じ想いでいられることが、たまらなく幸せだ」

私の旦那さまは、楽しげな笑い声をあげた。

夜叉の花嫁として、私は生涯、彼に寄り添うと心に刻む。

そして、いかなるときもお互いを助け合って、生きていこう。

その想いを誓うための、結婚式なのだから。


手をつないだ旦那さまに導かれ、神殿へと赴く。

神殿は厳かで格調高い雰囲気に満ちていた。私たちのほかには家族、それに神職と巫女《みこ》しかいない。

柊夜さんは親族が座る席に、悠を抱き上げて座らせた。

「さあ、悠。ママとパパは結婚式を挙げるんだ。式の最中は、おとなしくして待っていられるな？」

「んっ」

悠は力強く返事をした。彼の肩にとまっているコマが、頷くようにくちばしを下げる。ヤシャネコも悠の足元に、行儀よくお座りをした。

ふたりで執り行う儀式だけれど、私たちには家族がいてくれる。

結婚式が始まり、神職が祝詞《のりと》を奏上する。この幸せが永遠に続くようにと祈られる。

そして御神酒をいただき、盃《さかずき》に口をつける。

私は妊娠しているので、盃の縁に唇を寄せるのみにとどめた。

巫女が台座にのせられたふたつの指輪を捧げる。新郎新婦の、指輪の交換が行われる。

柊夜さんは小さいほうの新婦の指輪を指先に摘まむ。そうしてから私に向き直り、左手をすくい上げた。

夫婦の証である、白銀の結婚指輪が光り輝く。

すっと薬指に指輪をはめてもらえたとき、私の胸に万感の想いがあふれた。

指輪の煌めきの向こうにある、柊夜さんの相貌に至上の愛しさを覚える。

私の旦那さまを慈しみ、生涯大切にしよう。この指輪と、そして家族とともに。

微笑んだ私は、台座のもうひとつの結婚指輪を摘まむと、すでに左手の甲を差し出している柊夜さんの薬指にそっとはめた。

頬を強張らせた柊夜さんは少し緊張しているみたい。

夜叉の真紅の双眸が、まっすぐに私へ向けられる。そうして唇を開いた彼は、ひとこと告げた。

「愛している」

じいん、と感動が胸に響き渡った。

私はいつも、特別な言葉を彼からもらっていたのだと知る。

今までは素直に柊夜さんからの愛情を返すことができなかった。

けれど、今なら言える。

ふたりの胸には、同じ想いがあるから。

「私も、愛しています」

こだわりがほろりと溶けると、そこにあるのは愛しさ。

握り合う互いの手と手は、つながれた絆。

桜がほころぶ穏やかな晴れの日――私たちは、夫婦としての誓いを新たにした。

完

番外編　5か月　旦那さまの過保護で過剰な愛情

新緑が陽に煌めく、爽やかな朝――。

私たち家族は購入したばかりの新車でドライブに出かけていた。

日曜日に家族で郊外へお出かけとくれば、楽しい休日を連想するものである。

だが、私にとっては決して楽しくない。むしろ試練といえる。

なぜなら、運転手は私なのである。

「あかり、ウインカーを出せ。違う、反対だ。左折の意思を示すときはウインカーを下げるのではなく、上げるんだ。減速しろ。ぶつかるぞ。ブレーキはポンピングだ。教習所で習っただろう」

助手席に乗った柊夜さんは次々に容赦なく指示を出す。

ハンドルにしがみつきながら前方を凝視している私は、運転の判断と操作と柊夜さんの命令を同時にこなさなければならないので、ひどく混乱した。

「ちょっと柊夜さん、黙ってください！　わけがわからなくなりますから」

「大声を出すな。きみは叫ぶことにより、自ら混乱を招いている」

冷静に評価を下した柊夜さんは、悠然とシートにもたれた。

腹立つなぁ、この夜叉……。

ちらりとバックミラーに目をやると、チャイルドシートに座っている悠と、彼に身を寄せてシートに収まるヤシャネコ、そしてコマの姿が目に映る。みんな一様に緊張した表情で、ひとこともしゃべらない。

子どもたちに心配をかけてはいけない——。

平常心を胸に刻んだ私は、深呼吸をひとつして、ハンドルを切った。

事の始まりは柊夜さんが『あかりの車を購入しよう』と、突然言いだしたことから。

現在妊娠五か月の私は時短勤務しながら、自転車で保育園の送り迎えを行っていた。

お昼寝用の布団を運ぶなど荷物が多いときは柊夜さんに車を出してもらうけれど、マンションと会社、そして保育園は地図上で三角形の頂点にそれぞれ位置しており、自転車で充分に通える距離だ。

ところが柊夜さんの保護欲が発揮され、『お腹が大きくなったら自転車では危ない』と指摘された。

確かに、転んだりしたら大変なことになる。

妊娠十八週の今は、お腹と乳房がふっくらしてきた。臨月にはお腹が大きく前へ突き出るほどになるので、最終的に自転車は使えなくなる。

けれど、私は車を所持していない。自動車免許は取得済みであるものの、完全なペーパードライバーだ。柊夜さんは残業がある日も多いので、毎日保育園への送迎を頼むわけにもいかなかった。

そうすると、選択肢はひとつ。

私がペーパードライバーを返上するしかないのである。

かくして、軽自動車を購入した我が家は〝ママの初めての運転〟で郊外のショッピングモールに向かったのだ。

ややあって目的地に辿り着き、駐車場のもっとも端に車を停めた私は脱力した。

「着いた……。すべての力を使い果たしました……」

わざわざ端っこに停めたのは、もちろんほかの車に擦らないためである。

駐車スペース内の適切と判断できる位置に駐車完了するまでに、すでに三回やり直している。

「及第点だ。まずは慌てないことだな。慌てたところで、よいことはひとつもない」

「はあ……わかりました」

鬼上司からありがたいお言葉をいただき、魂が抜けた状態でシートにもたれる。

柊夜さんは、さっさと後部座席のチャイルドシートから悠を抱き上げていた。おむつや着替えなどが入った花柄のバッグも肩から提げる。

「では、買い物に行くぞ。ヤシャネコとコマも車から出るんだ」

「フウ～。生きた心地がしなかったにゃん。おいらも、しょっぴんぐするにゃん」

安堵の息を吐いたヤシャネコは笑顔でヒゲを揺らし、ぴょんと車から降りる。

私の運転技術が拙いことはわかっているのだけれど、せめて労苦をねぎらってほしいものである。

「ピピッ」

空を見上げたコマは鳴き声をあげると、電線へ向かって飛び立った。

電線にとまっているスズメの隣に降り立ち、ふたりでさえずっている。

どうやら素敵なスズメを見つけたので、アプローチを仕掛けているようだ。

「コマは帰るときに声をかけることにしよう。あかり、いつまでそうしているんだ。保育参観のための服を買おうと言ったのは、きみだろう」

「そうですけどね。柊夜さんは鬼ですよね」

「その通りだ」

大真面目に同意した柊夜さんに半眼を向ける。安全運転をこなした私を少々休ませてあげようという寛大な処置はないようだ。

気力を奮い立たせて車から降り、私たちは家族でショッピングモールへ入る。

今週の半ばに、悠の通っている保育園で保育参観が行われる。

悠にとって、初めての保育参観だ。もちろん私は、悠が日中をどのように過ごしているか、見学するのは初めてである。緊張して今から体が震える。

ほかの保護者たちも集まるので、恥ずかしくないようにおしゃれをして臨まないといけない。

というわけで、悠の服はもちろん、私のワンピースも新調しようと考えていた。

休日なので、店内は家族連れでにぎわっている。

食品売り場を横に見て、私たちはエスカレーターで二階へ向かった。ヤシャネコはみんなからは見えていないので、入店しても咎められる心配はない。

まずは子供服売り場へ足を運ぶ。

その隣は玩具コーナーだ。年長クラスや小学生と思しき子どもたちが親を連れ、キラキラした目で玩具を見上げている姿が目に入る。わずか数年後には、こうして高価な玩具を買わされるのであろうと覚悟を決める。

柊夜さんは抱きかかえていた悠を下ろすと、ずらりとハンガーにかけられている洋服を吟味し始めた。

「どれにする、悠。今は八〇サイズだな。好きなものを選べ」

「あうー」

洋服はキャラクターや新幹線が描かれたデザインなど、色柄は様々なものがある。

けれど一歳半の悠には、まだ自分の好みがわからない。彼は不思議そうな顔をして、ハンガーを手にする柊夜さんを見上げていた。

いずれ大きくなったら、『これはイヤだ』なんて言いだすのだろうけれど、今は親の好みが反映される時期だ。私もいそいそとハンガーラックに並べられた服を品定めする。

デニムのオールインワンやネイビーのポロシャツなど大人びたデザインもあるので、どういった方向性の服を着せればよいのか悩みどころだ。

「子供服って、いかにも子どもらしいかわいいデザインと、大人が着るのと同じようなのと二分されてますよね。どんなのを着せたらいいのか悩みます」

「無難に星柄やボーダーのトレーナーでいいだろう。どうせワンシーズンで卒業する服だからな」

「普段着はそれでいいんですけど、保育参観に着るならおしゃれしたいじゃないですか」

「きみがおしゃれをすればいい。ジャンパーなど脱ぎ着のしづらい服はオムツ替えのときに大変だぞ」

「それもそうですけどね……」

まだ小さい子はオムツ交換時はもちろん、服を汚して脱ぎ着する機会が多い。シャツなどボタンの多い服は避け、着脱のしやすい服にすることは園からも提唱されている。

あれこれと服を眺めては柊夜さんと議論を交わしていると、肝心の悠は蚊帳の外とでも感じたのか、とてとてと歩いて通路を出ていく。

マネキンが着ている洋服を両手で引っ張る仕草を目の端にした私は、反射のごとく素早く駆けつける。

「悠、引っ張ってはだめよ」

やんわり注意して、がっつりと悠の両手を押さえる。マネキンを倒されでもしたら一大事だ。

ところが悠は諦めず、私を振り仰ぐと懸命に訴えかけた。

「まま、なーな！」

見ると、マネキンが着ていた白い服には、猫の顔が大きくパッチワークされていた。そばに来たヤシャネコが金色の目を見開く。

「おいらが服になってるにゃん！　口のまわりだけ白いのも、一緒にゃんね」

Tシャツの黒猫は、口元のみが白い。どうやら偶然ヤシャネコと同じ模様の服を見かけたので、興味を引かれたようだ。

「そうね。ヤシャネコと同じね」

「んっ」

悠はしっかりと服の裾を掴んだ。頬を引きつらせた私は、再び小さな手をがしりと押さえる。

「もしかして……このお洋服が欲しいのかな？」

「んっ」

「これはサイズが大きいから、悠には合わないんじゃないかな？」

「やん」

〝イヤ〟と言いたいのかな……。

まるで女子のような色気のある言い方をされて困惑するけれど、我が子ながらかわいいと思ってしまうところが親馬鹿である。

私たちの様子を見た柊夜さんは、服にかけられていたタグを手にした。

「悠が気に入ったのなら、これでいいだろう。サイズが一〇〇なら膝丈くらいだ。小さい服は着られないが、大きいのは問題ないからな」

「んっ！」

力強く返事をした悠は、ようやく裾から手を離すと、ヤシャネコの背を撫でる。

ヤシャネコは気持ちよさそうに、とろりと金色の双眸を細めた。

「おいらとおそろいにゃんね〜。でも、おいらはみんなからは見えてないにゃん。悠とおいらが友達なのは、保育園のみんなには内緒だにゃん」

「ん」

悠はまだお話しができないけれど、周囲をよく見て理解を深めているのだと、小さな出来事で気がつかされる。

……と、我が子の成長を喜びつつ、保育参観の衣装はサイズの大きな猫のTシャツに決まった。

そのあとも悠の普段着や靴などを選んで購入し、となりにある婦人服のコーナーへ向かう。次は私の服を選ぶわけだけれど、入園式ではないのでスーツでなくてもよいだろう。とはいえ普段着というわけにもいかず、なにを着ていけばいいのか悩んだ私はひたすらハンガーラックの間を渡り歩いた。

飽きてきたヤシャネコはリノリウムの床で、ころりころりとでんぐり返しをしている。

「あかりん、まだにゃ～ん？」

「うん……どんな服にすればいいのかわからなくて……」

やはり手持ちの服の中から選んだほうがいいだろうか。

けれどせっかく買いにきたのだから、新しい服で保育参観に行きたいところだけれど。

柊夜さんはといえば、とうにコーナー脇のソファに腰を落ち着けて悠をあやしていた。

すると、柊夜さんは悠を抱きかかえ、ついと立ち上がる。

こちらへやってきた彼は、マネキンの着ていた服を指し示す。

「あかり。これがいい」

「え……」

長袖のプリーツワンピースは、ふんわりとしたフレンチスリーブとミモレ丈のフレアスカートが特徴的で、甘さと上品さを醸し出している。ウエストで結ぶタイプのリボンが、とてもかわいらしい。

「これですか……。かわいいですけど、色がスモーキーピンクだから、ちょっと華やかすぎません？」

「そんなことはない。俺はこれを着たきみとデートしたい。デートなら思いきりめかし込むべきだろう」

『デートしたい』と甘く鼓膜をくすぐるような台詞を言われて、どきりとする。

動揺を隠すように、私は服のタグを確認した。

サイズはちょうどよく、お値段も予算の範囲内だ。ふんわりとしたスカートなので、お腹の膨らみも目立たないと思える。

「保育参観のための服じゃないんですか……」

「そうだとも。保育参観があるのは午前中だ。午後からは、この服を着たきみが俺とデートをする。そのプランでいこう」

目を輝かせた柊夜さんは力強く述べた。まるで新規プロジェクトの企画立案で、素晴らしいアイデアを思いついたときの鬼山課長である。こうなると柊夜さんは譲らない。

「わかりました。柊夜さんの提案したプランでいきましょう……」

保育参観日は平日なので有休を取得したのだけれど、私だけでなく柊夜さんまで有休を取ると主張したのは、もしかしたらこういった計画があったからなのかも。

念のため試着してから、私はワンピースを購入した。

目的の品物を購入できたので、昼食にしようということになり、一家はフードコートへ向かう。

本屋のそばを通りかかったとき、ぐいと方向転換した悠はルートから逸れていった。

この年頃の幼児は興味を引かれたものに邁進するので目が離せない。カートに乗せれば見失ったりする心配はないけれど、できるだけ歩かせたいという事情もある。

「あうー」

棚に面置きされている絵本が気になったようで、悠は手を伸ばしている。

そういえば、寝る前に絵本を読み聞かせしてあげようと思っていたところだ。ここで何冊か購入していこう。

「これが気に入ったの？　それじゃあ、この本を……」

手に取ろうとした私は、絵本のタイトルを目にして絶句した。

『やしゃのはなよめ』

表紙には、喪服のような黒い着物を着た花嫁らしき女性が描かれている。絵本らしからぬダークな世界観らしい。

まさに夜叉の花嫁である私は、伸ばした手をとめて頬を引きつらせた。

「これは、ちょっと、悠にはまだ早いんじゃないかな……。年長さんくらいにならないと理解できない内容……かもしれないよ？」

私自身の経験も子どもには説明しにくいけれど、もし絵本の内容が悲劇的なものだったら困る。

ところが私の否定を察知した悠は怒りだした。頬を膨らませ、絵本を取れと両手を伸ばして要求する。

「あぶぅ、ふわあぅ！」

困っていると、後ろからついと柊夜さんが絵本を手に取った。

彼は、ぱらぱらとページを捲っている。

「ほう。なかなか面白い話じゃないか。だが、確かに悠の年齢で理解するのはまだ難しいだろうな」

「ですよね。一歳児向けの絵本なら文字数が少ないから、こっちのほうが……」

私が対象年齢に適した絵本を手にすると、なんと柊夜さんは『やしゃのはなよめ』

を悠に手渡してしまった。

「いろいろと買っていこう。絵本の読み聞かせは情操教育と言語教育のために必要だからな」

「……そうですね」

大切そうに絵本を抱えた悠は、にっこり笑っている。

子どもながらに、なにかを感じ取ったのだろうかと思った私は身に覚えがあるだけに冷や汗をにじませた。

のちほど『やしゃのはなよめ』の結末を確認しておこう……。

フードコートで昼食を取ったあとは、悠のオムツを交換するためベビールームに入る。

柊夜さんは当然のごとく堂々とベビールームに入室するので、ほかのお母さんから驚きの目を向けられることもあるが、幸い今回は無人だった。

育児は女性がするものという固定観念が社会に根強いので、柊夜さんのような積極的に育児をこなすパパというタイプは、まだ少数派なのかもしれない。

ベビールームは奥が個室の授乳室で、そちらは女性専用だが、オムツ交換台のある手前のスペースは男性も入室できると入り口のプレートに書いてある。お母さんが仕事の日に、赤ちゃんを連れたお父さんがショッピングモールを訪れるという状況も多々あるわけなので、配慮のあるベビールームは助かる。ミルクを作るための給湯器もあり、とても便利だ。

悠はもうねんねの時期は卒業したので、交換台の隣にある幼児用のスペースを使用する。悠の靴を脱がせて、クッションの上に立たせた柊夜さんは、穿かせるオムツをバッグから取り出した。

「このあとは食品売り場で買い物をしてから帰るか。夕飯はなにが食べたい？　あかりは大いに疲れて帰宅することになるだろうから、なんでも食べたいものをリクエストするといい」

柊夜さんは手慣れた仕草で悠のズボンを下げた。彼の台詞により、帰りも私が運転しなければならないことが思い出されてしまった。

「そうですね……すき焼きでお願いします」

「わかった。帰りの運転も頑張りたまえ」

「はい……安全運転で頑張ります」

ひょいと足を上げてオムツ交換に協力した悠は、不思議そうに両親の顔を見上げていた。

食品売り場ですき焼きの具材を購入し、充実した買い物を終えた私たち一家は駐車場へ戻ってきた。

するると、車のボンネットに項垂れたコマがとまっていた。電線にはすでに、先ほど会話していたスズメの姿はない。

「お待たせ、コマ。どうかしたの？」

「ピュイ……」

がっかりした様子のコマに、金色の目を閃かせたヤシャネコが声をかける。

「はは～ん、あのスズメにフラれたにゃん？」

「ピュビュビブゥ」

図星だったらしい。コマは怒ったように鳴くと、ヤシャネコの頭に飛び降りて羽をばたつかせた。

「気にすることないにゃん。あのスズメはコマのいいところに気づかないんだにゃん。コマはイケメンにゃんよ……って、オスなのかメスなのか、おいらにはわからにゃいけどね」

黙々と車に荷物を積み込んでいた柊夜さんも、ヤシャネコに続いてコマをなだめる。

「コマ。おまえは夜叉のしもべだ。よく知りもしない相手と軽率に交尾するんじゃないぞ。コマがオスなのかメスなのかは、俺にもわからないがな」

慰めになっていない気がする。

当然のごとく怒りだしたコマは、自身の主張を自らの言葉でまくし立てた。

帰りの車中ではコマの「ピィピピピ、ピュイピュイ！」という流麗な鳴き声があふれる。そんな中、たっぷり歩いて疲れた悠は、チャイルドシートでぐっすりと眠っていた。


無事に帰宅し、夕飯は柊夜さんが調理してくれた特上のすき焼きでお腹を満たす。

そのあと柊夜さんと悠が一緒にお風呂に入っているとき、着替えを準備していた私は、ふと気づいた。

「あれ……？　あの絵本はどこにあるのかな……」

購入したはずの、『やしゃのはなよめ』が見当たらない。

悠がこれを読んでと要求する前に、結末を確認しておこうと思ったのに。

帰宅してから私は服だけをしまったので、絵本は柊夜さんが片付けたのだろうか。

本棚を覗くと、ほかの絵本は収められていた。

首を捻っていると、からりと脱衣所が開く音がする。

「あがったぞ」

「あぁうあー」

ほかほかの体にバスタオルをかけた悠を、慌てて迎える。

髪を拭いてあげながら、上気したぷくぷくのほっぺたを愛しく見つめた。

オーガニックコットンのパジャマに着替えさせると、さっそく悠はヤシャネコと遊び始める。追いかけっこするふたりを見ながら、私は藍色のスエットに着替えた柊夜さんに問いかけた。

「柊夜さん、あの絵本をどこかに置きました？」

「あの絵本とは？」

「ほら……やしゃの……」

タイトルを言って、悠が反応したら困るので口ごもる。

柊夜さんは、「ああ」と気づいた。

「ほかの本と一緒に本棚に並べておいた」

そう言われて、もう一度本棚を確認するが、やはり見つからない。悠がどこかに持ち出したのだろうか。

「ぱぱ。にゅうにゅう」

あくびをして追いかけっこの足を鈍らせた悠は、柊夜さんに甘えて二の腕に掴まる。

そろそろ寝る時間だ。立ち上がった柊夜さんはキッチンで牛乳を温めた。

離乳食は完了しているので、断乳はすでに済んでいる。ミルクをやめた日だけは大泣きした悠だけれど、翌日からはすんなりマグカップで牛乳を飲んでくれたのだ。

柊夜さんが悠にマグカップの牛乳を飲ませているのを横にしながら、なくした本を探すことを諦めた私は一歳児用の絵本を手に取った。


「りりりりり……」

橙色の灯りの下で、広げた絵本に書かれた文字を歌うようになぞる。

一歳児用の絵本はストーリーはほとんどなく、言葉の発音を主体とした内容だ。

ベッドに入った悠は、絵本を読み聞かせる私をじっと見つめている。先ほどは眠そうにしていたのに、どうやら目が冴えてしまったようだ。

ダブルベッドに川の字になり、私と柊夜さんに挟まれる形で悠が大の字になっている。

私のイメージでは、絵本を読んでいる最中に子どもがとろとろと眠りに就くと思っていたのだけれど、実際には母親を凝視している。

初めての読み聞かせだから、この状況はなんだろうと思ってるのかな……。

悠の向こうでは、仰臥した柊夜さんが目を閉じていた。すでに眠ったらしい。

「なななな……なぁっ⁉」

突然、私の声が上擦る。

びっくりした悠は目を見開いた。

それというのも、足に熱いものが絡みついてきたからである。

口端を引きつらせた私は柊夜さんに目を向けた。平然と寝たふりをしている……。

大きな足は布団の中で、私の脛から足の甲にかけて淫靡に撫でさする。

やめてくださいと言うわけにもいかず、悪辣な夜叉の悪戯に耐えつつ、どうにか絵本を読み終えた。

私を凝視していた悠だけれど、バンザイした小さな手を握っていると、やがて目を閉じた。ママの体温に安心したらしい。

柊夜さんは長い足を駆使して、しばらく私の脛をなぞっていたけれど、両足で挟む形で落ち着いた。

「あかり……」

「柊夜さんってば、悪戯するのはやめてくださいよ……」

お互いに眠いため、掠れた声音を交換する。悠と柊夜さんの体温が伝わり、安堵に包まれていた。

「次の子が生まれてからでいいんだが、空いている部屋を悠の自室にしよう。慣れたら、そこでひとりで寝ることにするんだ」

「そうですね。悠は、お兄ちゃんになるわけですし」

悠のベビーベッドには、生まれてくる子を寝かせられる。ヤシャネコとコマもいてくれるし、両親と添い寝しなくても寂しくないだろう。

こうして家族が増えていくことを、柊夜さんと相談できるのが嬉しかった。

「そうすれば、またきみとセックスできるからな」

「………………」

やたらとはっきり発言され、私は寝たふりで返した。

「なにか言いたまえ」

「……ぐー」

「こら。一晩中、こうするぞ」

絡ませていた足を、またもや巧みに足指で撫でさすられる。くすぐったくなり、漏れそうになる笑い声を必死に抑えた。

「そういえばですね……今日買ったはずの、『やしゃのはなよめ』が本棚にないんですけど」

話題を変えようと思い、紛失した本のことを問いかける。柊夜さんが本棚にしまったのなら、店に忘れてきたというわけではないはずなのに。

「悠がどこかに隠したんじゃないか？　ママに取られるとでも思ったのだろう」

「そうかも。帰ってから、やたらとおとなしくしてましたよね。……あの本のラストは、どうなるんですか？」

「わからない。ラストまで見ていないからな。序盤は村の娘が生贄として悪鬼の花嫁になるという流れだった」

「へえ……それで、孕ませられてしまうんですかね……」

眠気が限界に達した私の声が小さくなる。柊夜さんの体温に寄り添うように、自ら足を絡ませた。

柊夜さんの甘い声音が鼓膜を優しく震わせる。

「きみが望むなら、何度でも」

週の半ば、いよいよ保育参観日がやってきた。

悠はすでに登園させているので、今頃は先生と保育参観に向けての準備を行っているところだろう。

先日購入したプリーツワンピースを着用した私は、気合いを入れてナチュラルメイクを施す。左手の薬指に光る白銀のリングを、手をかざして眺めた。

かなり遅れてからもらった結婚指輪だけれど、やっぱり嬉しい。

頬を緩ませていたら、支度を済ませた柊夜さんが寝室に姿を現す。

ふっと、彼を一目見た私は呼吸をとめてしまった。

アイボリーの麻のスーツに、青藤色のシャツが鮮やかに映える。ブルーのネクタイがシャツの色味と自然に溶け込んでいた。

まるで御曹司のような衣装を均整の取れた体躯にまとい、着こなしているのである。清廉さの中にも雄の色気がにじんでいた。あまりの男ぶりに惚れ直しそうだ。

目を見開いたまま、パフを手にした私が固まっていると、柊夜さんも瞠目していた。

「……惚れ直しそうだ」

「……奇遇ですね。私も同じことを考えていました」

「こんなに綺麗なきみを保育園に連れていったら、ほかの旦那に声をかけられないか心配だな」

「心配無用です。なにしろ、中身は悪鬼のイケメンが張りついてますからね……」

「違いない」

微苦笑を浮かべた柊夜さんは私の手をすくい上げると、指先にくちづけた。

熱い唇が押し当てられ、どきりと鼓動が跳ね上がる。彼の左手の薬指にも、私のものと同じ結婚指輪が光っていた。

今から保育参観だというのに、柊夜さんの仕掛ける色香に翻弄されっぱなしなのだった。

スピーカーから軽快な音楽が流れる。お遊戯を披露する子どもたちを、教室の隅に並んだ保護者たちが見守っていた。

私も保護者のひとりとして、我が子が歌って踊る勇姿を見守る……はずだったのだが。

なんと悠は棒立ちである。

チュニック風に着こなしたTシャツの猫は微動だにしない。笑顔で華麗な振り付けを見せる先生を真似て、ほかの子たちが飛び跳ねたり腕を上げているというのに、黙然として突っ立ったままだ。

もしかして、パパとママが見ているという、いつもとは違う状況だから緊張しているのだろうか。

笑みを引きつらせた私はそう願った。ふだんは楽しくお遊戯しているんだよね、そうだよね。先生の隣でヤシャネコが懸命に踊っている姿が涙ぐましくて泣けてくる。

そして曲の終わりが近づいたとき。

「あっ」

私は思わず声をあげた。

さっと、悠が右手を上げたのだ！

すぐに腕を下ろしたので一瞬のみだけれど、アクションを行ってくれたことに親として喜びが弾ける。

興奮した私は、隣で見学している柊夜さんに囁く。

「しゅ、柊夜さん、見ました!?」

「ああ、見た」

柊夜さんはといえば、クールな反応である。

なんだか私がものすごい親馬鹿のようだ。

やがて曲が終わり、親御さんたちから拍手があふれた。私もありったけの拍手を送る。

悠、すごくがんばったよ！

あとでたくさん褒めてあげよう。たとえ腕を一度上げただけでも、未来へ向かう第一歩だよね……たぶん……。

充実した笑顔で踊りを終えたヤシャネコが、ひとこと放つ。

「フウ～。お遊戯のときの悠はこんな感じだから、いつも通りにゃん」

「そっか……ヤシャネコの踊り、よかったよ」

こっそり小声で伝えると、ヤシャネコは嬉しそうに尻尾を揺らした。

そのあとは机を並べて子どもたちが席に座り、粘土遊びを行う。保護者たちも我が子に寄り添い、一緒に粘土制作ができる。

ちゅうりっぷ組の子どもたちは一、二歳児なので、机と椅子がとても小さい。きちんと着席し、小さな手で粘土をこねている姿には感動すら覚えた。

悠も無心で粘土をさわっていた。ちぎった粘土のかけらを粘土板に並べている。

「悠はなにを作っているの？」

「ちょ」

……なんだろう。チョウチョには見えないんだけど。それともチョウチョの卵がそこかしこにあるだとか、そういう表現だろうか。

首をかしげつつ、私も少々の粘土をこねてみた。

頭と胴体をくっつけて、人型にする。それをふたつ。

親指ほどの二体の人形を目にした悠は、はっとした顔をして指を差した。

「ぷう、あい」

「そう。風天と雷地よ」

夜叉のしもべである、石像のあやかしたちを象ってみたのだ。

人形をそっと手にした悠は、ふたつを粘土板の中央に並べた。

すると、後ろで見ていた柊夜さんが笑みを浮かべる。

「なるほど。『ちょ』の正体はそういうことか」

「えっ？」

どういうことだろう。悠の作品は完成したようだが、粘土版には石ころに見立てたと思しき粘土のかけらがちりばめられているだけに見える。

粘土板を覗いたヤシャネコも、納得の声をあげた。

「おいらにもわかったにゃ〜ん。『ちょ』は、あれにゃんね」

「ええ？　全然わからない……」

「そのまんまにゃん。風天と雷地が立っているのは、どこにゃん？」

ヤシャネコの謎かけに、私は粘土板の全体図を眺めた。

そうして、「あっ」と声をあげる。

風天と雷地がいるのは、夜叉の城……しろ……ちょ……。

つまりこの作品は、夜叉の居城を表現したものなのだ。なんという大作。

石ころをちりばめたものなどとしか捉えられなかった己の発想が恥ずかしい。

「そういうことだったんですね……」

「さすがは、夜叉の後継者だ」

嬉しそうにつぶやく柊夜さんに、私は微苦笑をこぼす。

こうして夜叉の居城は、教室の棚に飾られることとなった。

無事に保育参観を終えて、私たちは保育園を辞した。

園児たちは引き続き、お迎えの時間まで園にいるので、保護者が帰るときには号泣の大合唱で見送られてしまった。もっとも年長クラスになると、保護者との別れで泣いたりしないので、今のうちだけということだ。

悠も涙目になって、よりどころなく両手を握りしめていたから、後ろ髪を引かれる思いで私は手を振った。残ったヤシャネコが悠の足元に寄り添っていたので、どうにか気分を持ち直してくれるだろう。

ランチに訪れたレストランのテラスで、ひと段落した私は息をつく。

フォークにクリームパスタを絡ませつつ、先ほどの保育参観を思い出した。

「お遊戯はすごく恥ずかしがっていたみたいですけど、夜叉の城は大作でしたね」

「そうだな」

「悠はイヤイヤ期に入っているはずなのに、あまり自己主張しないから心配ですよね。かなりおとなしいタイプなのかなぁ……」

「そうだろうな」

着替えもごはんもなんでも嫌がる、いわゆる〝イヤイヤ期〟は一歳から始まり、三歳頃まで続くという。自我が芽生え始めるので、成長する段階で必要な時期だ。

ところが悠にはその兆候が見られず、かんしゃくを起こすことはない。『やん』と言うときもあるけれど、いつも言動がやんわりしている。

だ。

「自己主張が弱いということはもしかして、いじめられたりして……!?」

食欲が湧かなくなった私はフォークを置き、ストローを啜ってアイスティーを飲ん

嘆息をこぼした柊夜さんも同じようにフォークを置くと、グラスを手にする。

「まだ一歳半だ。今後どのように成長するかは、わからないだろう」

「そうですけどね……」

「イヤイヤ期の程度は、本人の性格による。すべての子どもが同じ反応を起こすわけがないのは当たり前だ。ひとりひとりが違う人間なのだから。無論、きみが心配する気持ちは俺にもよくわかる」

「そうですよね！　みんな同じわけないですものね」

悠は夜叉の血を引いているので、より彼の将来を案じてしまうが、ものさしに当てはめて成長を判定するようなことはいけない。

柊夜さんと話して、悠の今後の成長を温かく見守ろうという気持ちになれた。穏やかな心地になり、改めてフォークを手にする。

グラスの水をひとくち飲んだ柊夜さんは、「ところで」と言うと、こちらに鋭い眼差しを向ける。

「この席に座ったときから、きみはいっさい俺を見ていない」

「……えっ?」

突然なんの話だろうと、私は目を瞬かせる。

「パスタを見つめながら保育参観でのことを語り、俺と話している最中はアイスティーに目線を注いでいる。デートなのに相手を見ないとは、どういうことだ？」

「……えっと……」

そういえば、保育参観のあとはデートするというプランだったのだ。すっかり忘れていた。このランチは保育参観の感想会だと思った、などと口にしたら、夜叉の怒りを煽ることは必至である。

「なんだか柊夜さんがイヤイヤ期に入ったようですね……」

「そういうことだ。今だけは、きみを独占したい。俺だけを見ていてほしい」

熱を帯びた双眸で見つめられ、かぁっと頬が火照る。

もう結婚していて子どももいるのに、旦那様に口説かれるだなんて恥ずかしい。

けれど胸が高鳴り、ときめいてしまう。

「わ、わかりました。このあとは、ずっと柊夜さんを見ていますね……」

「そうしてくれ。俺もきみから目を離さないから」

かくして私は柊夜さんと見つめ合いながらパスタを口に入れるという、摩訶不思議なランチを過ごした。柊夜さんは宣言通り、私から一瞬たりとも目を離さず、器用にパスタを完食していた。

お互いしか見ないという熱愛中の恋人同士のようなランチのあとは映画を見た。そのあとはお茶をして、楽しいデートの時間を終えた。ふたりきりで過ごすのは久しぶりだったので、仕事や育児に追われる合間の息抜きができた。

——と、思ったのだけれど。

その日の夜、なんだか体調がよくないと感じた私は、熱を出して寝込んでしまった。ベッドのそばで体温計を目にした柊夜さんは双眸を細める。

「七度二分か。軽い風邪か、疲労によるものと思われる」

「まま……」

小さくつぶやいた悠は、眉尻を下げて心配そうな顔をしている。

突発性発疹や溶連菌など、小さな子どもが罹患する病気を調べて心構えをしていたのに、母親である私のほうが体調を崩してしまうなんて申し訳ない。

「ごめんね、悠……。今日は保育参観で頑張ったね」

「どちらかというと、ママのほうが気合いを入れて頑張りすぎた感じだな。疲れが溜まったのだろう」

「ん」

同意を示した悠は、私の額にぴたりと小さな手を当てる。

すると、そこから柔らかな光があふれた。悠の〝治癒の手〟の能力が発揮されたのだ。ふわりとして慈愛に満ちた煌めきは、体も心も温まるみたい。

「ありがとう……ママを治してくれるの？」

「んっ」

子どもの気遣いに涙がこぼれてしまう。

柊夜さんは眦を伝い落ちた私の雫を、そっと指先で辿る。

「ママが泣いているのは、悠が心配してくれたことが嬉しいからだよ。風邪がうつってはいけないから、今夜は寝る部屋を別にしよう」

「あうー」

そう言って悠を抱き上げると、柊夜さんは寝室を出ていった。悠を別室に寝かしつけてくれるのだろう。

〝治癒の手〟が効いたためか、それとも家族の愛情で気持ちが楽になったのか、先ほどより回復した気がする。

水を飲もうと身を起こした私は、ベッドから足を下ろした。

そのとき、こつりと踵に固いものがぶつかる。

「ん？　なんだろう」

ベッド下を手で探る。すると、薄くて四角いものが取り出せた。

「あっ！　これは……」

ベッドの下に隠されていたそれは、絵本だった。

紛失したと思っていた『やしゃのはなよめ』だ。

私は夢中でページを捲る。物語の中の夜叉の花嫁がどうなるのか、好奇心がかき立てられた。

ややあって、寝室の扉が開く。

水の入ったコップと熱冷ましのシートを持ってきた柊夜さんは、ベッドに腰かけて絵本を読んでいる私に驚いた。

「起きていたのか。具合はいいのか？」

「悠のおかげで、だいぶ楽になりました。柊夜さん、これ……なくしたと思っていた絵本が、ベッドの下にあったんです」

サイドテーブルにコップを置いた柊夜さんは、私の隣に腰を下ろした。彼は手にしたシートのフィルムを剥がす。

「ほう。それで、最後まで読んだのか？」

「はい。ラストなんですけど……」

ぴたりと、額に冷たいシートが貼られる。私の肩に腕をまわした柊夜さんにより、ゆっくりと体が後ろに倒された。

「それは言わなくていい。結末は、わかっているからな」

「え？　でも、柊夜さんは最後まで読んでいないんじゃ……」

ベッドに寝かせられ、体に布団をかけられる。

添い寝するように寄り添った柊夜さんは、コップの水を呷る。私の頬を大きなてのひらで包み込むと、くちづけてきた。

くちうつしをしたら、風邪がうつるかもしれないのに。

けれど宙を掻いた手をつながれ、シーツに縫い留められて抵抗を封じられてしまう。

流し込まれた冷たい水を、こくりと嚥下する。水分と愛情が乾いた体に浸透していく。

ちゅっと下唇を食んでから唇を離した柊夜さんは、濃密な笑みを浮かべた。

「最後まで読まなくても、知っている。村のために生贄になった夜叉の花嫁は、鬼の夫や子どもたちに愛されて、幸せに暮らすんだ」

それって、私の人生になぞらえているのでは……。

もしかして、バッドエンドだと知った柊夜さんが私のために絵本を隠したのかな？

呆気にとられたけれど、ふっと私の顔に笑みが浮かぶ。

柊夜さんの逞しい体に身を寄せる。すると、彼は長い腕をまわして私の体を抱き込んだ。

「その通りです」

愛しい人の体温に包まれながら、そっと目を閉じる。

私は世界一幸せな、夜叉の花嫁だ。

あとがき

こんにちは、沖田弥子です。

このたびは『夜叉の鬼神と身籠り政略結婚二～奪われた鬼の子～』を手にとってくださり、ありがとうございます。

一巻のラストは出産して大団円で物語を終えましたが、発売後たくさんの反響をいただきまして、続編を刊行させていただく運びになりました。

出産後のあかりと柊夜、そして生まれてきた悠や鬼神たちの活躍を繰り広げられるのも、読者様に応援していただいたおかげです。まことにありがとうございました。

本作は旦那さまが夜叉の鬼神という、ちょっぴり変わった家庭において家族、そして夫婦の絆を築き上げていく物語です。

一歳になった悠を巡り、保育園にまつわることから始まりました。

私は子どもが大好きでして、子ども好きが高じて保育士資格を取得したことがあるのですが、保育園で子どもたちに接した経験はとても貴重なものでした。

家庭で自分の子のみを見るのとはまた違いまして、たくさんの子どもたちはひとりひとり性質が異なるのだということを痛感します。ぷくぷくの至宝のほっぺは、みんな共通なんですけどね。

だからこそ、瞬く間に成長していく子どもたちが心身ともに安心して過ごせるよう周囲の大人が愛情を持って接し、適切な環境を整えてあげるべきと捉えています。

作中では子どものかわいらしさや、子ども独特のリアクションを随所に描きました。パパとなった柊夜の溺愛や羅刹の略奪愛も併せて楽しんでいただけたら幸いです。

お腹にいるふたりめの子は本作のラストで五か月でして、『夜叉姫』という称号がすでに登場していますが、女の子です。また新たな政略婚姻譚が巻き起こるかもしれません。柊夜の亡くなった母を巡り、真犯人がどうなるのかも、いずれ明かせたらいいですね。


最後になりましたが、書籍化にあたりお世話になったスターツ出版のみなさま、本作にかかわってくださった方々に深く感謝を申し上げます。一巻に引き続きイラストを描いてくださった、れの子さま、幸福が凝縮された結婚式に胸を打たれました。

そして読者様に心よりの感謝を捧げます。

願わくば、みなさまの未来が幸せな結末に辿り着けますように。

沖田弥子

この物語はフィクションです。実在の人物、団体等とは一切関係がありません。

沖田弥子先生へのファンレターのあて先
〒104-0031　東京都中央区京橋1-3-1　八重洲口大栄ビル7F
スターツ出版（株）書籍編集部 気付
沖田弥子先生

夜叉の鬼神と身籠り政略結婚二
〜奪われた鬼の子〜

2021年6月28日　初版第1刷発行

著　者　沖田弥子　

発 行 人　菊地修一
デザイン　カバー　栗村佳苗（ナルティス）
　　　　　フォーマット　西村弘美
編　　集　森上舞子
発 行 所　スターツ出版株式会社
　　　　　〒104-0031
　　　　　東京都中央区京橋1-3-1　八重洲口大栄ビル7F
　　　　　出版マーケティンググループ　TEL 03-6202-0386
　　　　　（ご注文等に関するお問い合わせ）
　　　　　URL　https://starts-pub.jp/
印 刷 所　大日本印刷株式会社

Printed in Japan

ISBN　978-4-8137-1110-0　C0193

スターツ出版文庫　好評発売中!!

『100年越しの君に恋を唄う。』　冬野夜空《ふゆのよぞら》・著

親に夢を反対された弥一は、夏休みに家出をする。従兄を頼り訪れた村で出会ったのは、記憶喪失の美少女・結だった。浮世離れした魅力をもつ結に惹かれていく弥一だったが、彼女が思い出した記憶は“100年前からきた”という衝撃の事実だった。結は、ある使命を背負って未来にきたという。しかし、弥一は力になりたいと思う一方で、結が過去に帰ることを恐れるようになる。「今を君と生きたい」惹かれ合うほどに、過去と今の狭間で揺れるふたり…。そして、弥一は残酷な運命を前に、結とある約束をする――。

ISBN978-4-8137-1066-0／定価671円（本体610円+税10%）

『放課後バス停』　麻沢《あさざわ》 奏《かな》・著

バスケ部のマネージャーとして頑張る高3の澪佳。ある日、バスケ部OBの九条先輩がコーチとして部活に来ることになり、バス停で帰りが一緒になる。ふたりはそれぞれ過去の痛みを持ちつつ、違う想い人がいるが、あることがきっかけで放課後バスを待つ15分間だけ、恋人になる約束をする。一緒に過ごすうちに、悩みに向き合うことから逃げていた澪佳の世界を、九条が変えてくれて…。お互い飾らない自分を見せ合えるようになり、ウソの関係がいつしか本当の恋になっていた――。

ISBN978-4-8137-1069-1／定価660円（本体600円+税10%）

『今宵、狼神様と契約夫婦になりまして』　三沢《みさわ》ケイ・著

リラクゼーション総合企業に勤める陽茉莉は妖が見える特殊体質。ある日、妖に襲われたところを完璧エリート上司・礼也に救われる。なんと彼の正体は、オオカミの半妖（のち狼神様）だった!?礼也は、妖に怯える陽茉莉に「俺の花嫁になって守らせろ」と言い強引に“契約夫婦”となるが…。「怖かったら、一緒に寝てやろうか？」ただの契約夫婦のはずが、過保護に守られる日々。――しかも、満月の夜は、オオカミになるなんて聞いてません！旦那様は甘くてちょっぴり危険な神様でした。

ISBN978-4-8137-1067-7／定価660円（本体600円+税10%）

『山神様のあやかし保育園～強引な神様と妖こどもに翻弄されています～』　皐月《さつき》なおみ・著

保育士資格を取得し短大を卒業したばかりの君島のぞみは、唯一の肉親・兄を探して海沿いの街へやってきた。格安物件があるという山神神社を訪ねると、見目麗しい山神様・紅の姿が。紅が園長の保育園に住み込みで働けることになったものの「俺の好みだ」といきなりアプローチされて…。早速保育園をのぞくと狐のようなふさふさの尻尾がある子が走り回っていて…そこはあやかしこどもの保育園だった――。仕方なく働きはじめると、のぞみは紅にもこどもたちにも溺愛され、保育園のアイドル的存在になっていき…。

ISBN978-4-8137-1068-4／定価671円（本体610円+税10%）

スターツ出版文庫　好評発売中!!

『この恋を殺しても、君だけは守りたかった。』稲井田《いないだ》そう・著

幼い頃から吃音が原因で嫌な経験をし、明日が来ることが怖い高1の萌歌。萌歌とは正反対で社交的な転校生・照道が現れ、毎日が少しずつ変化していく。彼は萌歌をからかっていたかと思えば、さりげなく助けてくれて…。意味不明な行動をする照道を遠ざけたい萌歌だったが、ある日彼も自分と同じような傷を抱えていることを知り…。萌歌を救うために自分を犠牲にしようとする照道を見て、彼女は誰もが予想だにしなかった行動に出る―。ふたりの絆に胸が締め付けられる純愛物語。

ISBN978-4-8137-1053-0／定価660円（本体600円+税10%）

『桜のような君に、僕は永遠の恋をする』騎月孝弘《きづきたかひろ》・著

演劇部に所属する高2のコウは、自分の台本が上映されるのが夢。だが、何度執筆するも採用されず落ち込んでいた。そんな彼の唯一の楽しみは、よく夢に出てくる理想の女の子・ゆずきを小説に書くことだった。ある日、屋上で舞台道具を作っていると、後ろから「コウくん」と呼ぶ声が…。振り向くと、そこにはあの"ゆずき"が立っていた。最初は戸惑うコウだったが、一緒に過ごすうちに、ゆずきは小説に書いた通りに振る舞うのだと気づく。しかし、そんな小説の彼女との関係が続く訳はなく…。淡く切ない恋物語。

ISBN978-4-8137-1054-7／定価682円（本体620円+税10%）

『猫島神様のしあわせ花嫁～もふもふ妖の子守りはじめます～』御守《みもり》いちる・著

生まれつき治癒能力を持つ弥生は、幼い頃に怪我を治した少年と結婚の約束をする――時は経ち、恋も仕事も失いドン底の弥生の前に現れたのは、息を呑む程の美麗な姿に成長した初恋の相手・廉治だった。「迎えにきた、俺の花嫁」と弥生をお姫様抱っこで、強引に連れ去って…⁉　行き着いたのは、青い海に囲まれた、猫達が住み着く"猫島"。彼の正体は、猫島を守る島神様だった！さらに彼の家には妖猫のマオ君が同居しており…。最初は戸惑う弥生だったが、マオ君のもふもふな可愛さと廉治の溺愛っぷりに徐々に癒されて…。

ISBN978-4-8137-1052-3／定価660円（本体600円+税10%）

『縁結びの神様に求婚されています～潮月神社の甘味帖～』湊《みなと》 祥《しょう》・著

幼いころ両親が他界し、育ての親・大叔父さんの他界で天涯孤独となった陽葵。大叔父さんが遺してくれた全財産も失い、無一文に。そんなとき「陽葵、迎えに来た。嫁にもらう」と颯爽と現れたのは、潮月神社の九狐神様で紫月と名乗る超絶イケメンだった。戸惑いながらも、陽葵は得意のお菓子作りを活かし、潮月神社で甘味係として働きながら、紫月と同居生活することに。なにをするにも過保護なほど心配し、甘やかし、ときには大人の色気をみせながら、陽葵に迫ってくる紫月。どんどん惹かれていく陽葵だが、ある日突然そんなふたりに試練が訪れて…。

ISBN978-4-8137-1040-0／定価671円（本体610円+税10%）

書店店頭にご希望の本がない場合は、書店にてご注文いただけます。